O Soldadinho de CHUMBO

E OUTROS CONTOS DE

Andersen

Título original: *New Fairy Tales by Hans Christian Andersen*
Copyright © Editora Lafonte Ltda. 2022

Tradução e Adaptação   Monteiro Lobato

Em respeito ao estilo do tradutor, foram mantidas as preferências ortográficas do texto original, modificando-se apenas os vocábulos que sofreram alterações nas reformas ortográficas.

Todos os direitos reservados.
Nenhuma parte deste livro pode ser reproduzida por quaisquer meios existentes sem autorização por escrito dos editores e detentores dos direitos.

Direção Editorial   *Ethel Santaella*

REALIZAÇÃO

GrandeUrsa Comunicação

Direção   *Denise Gianoglio*
Revisão   *Diego Cardoso*
Capa, Projeto Gráfico e Diagramação   *Idée Arte e Comunicação*
Ilustração de capa   *Volkanakmese /Shutterstock*
Ilustrações dos contos   *Hans Tegner*

```
Dados Internacionais de Catalogação na Publicação (CIP)
       (Câmara Brasileira do Livro, SP, Brasil)

    Lobato, Monteiro, 1882-1948
    O soldadinho de chumbo e outros contos de
  Andersen / [tradução e adaptação] por Monteiro
  Lobato. -- São Paulo, SP : Lafonte, 2022.

    ISBN 978-65-5870-234-4

    1. Contos - Literatura infantojuvenil I. Andersen,
  Hans Christian, 1805-1875. II. Título.

22-100065                                    CDD-028.5
         Índices para catálogo sistemático:

    1. Contos : Literatura infantil   028.5
    2. Contos : Literatura infantojuvenil   028.5

    Eliete Marques da Silva - Bibliotecária - CRB-8/9380
```

Editora Lafonte
Av. Profª Ida Kolb, 551, Casa Verde, CEP 02518-000, São Paulo-SP, Brasil
Tel.: (+55) 11 3855-2100, CEP 02518-000, São Paulo-SP, Brasil
Atendimento ao leitor (+55) 11 3855- 2216 / 11 – 3855 - 2213 - atendimento@editoralafonte.com.br
Venda de livros avulsos (+55) 11 3855- 2216 - vendas@editoralafonte.com.br
Venda de livros no atacado (+55) 11 3855-2275 - atacado@escala.com.br

O Soldadinho de Chumbo

E outros contos de

Andersen

por Monteiro Lobato

Brasil, 2022

Lafonte

Índice

O Soldadinho de Chumbo   7

A Menina dos Fósforos   17

O Pequeno Tuque   23

As Flores de Idinha   33

A Camponesa e o Limpador de Chaminés   47

As Cegonhas   59

João Grande e João Pequeno   69

Pinheirinho   91

Rouxinol   109

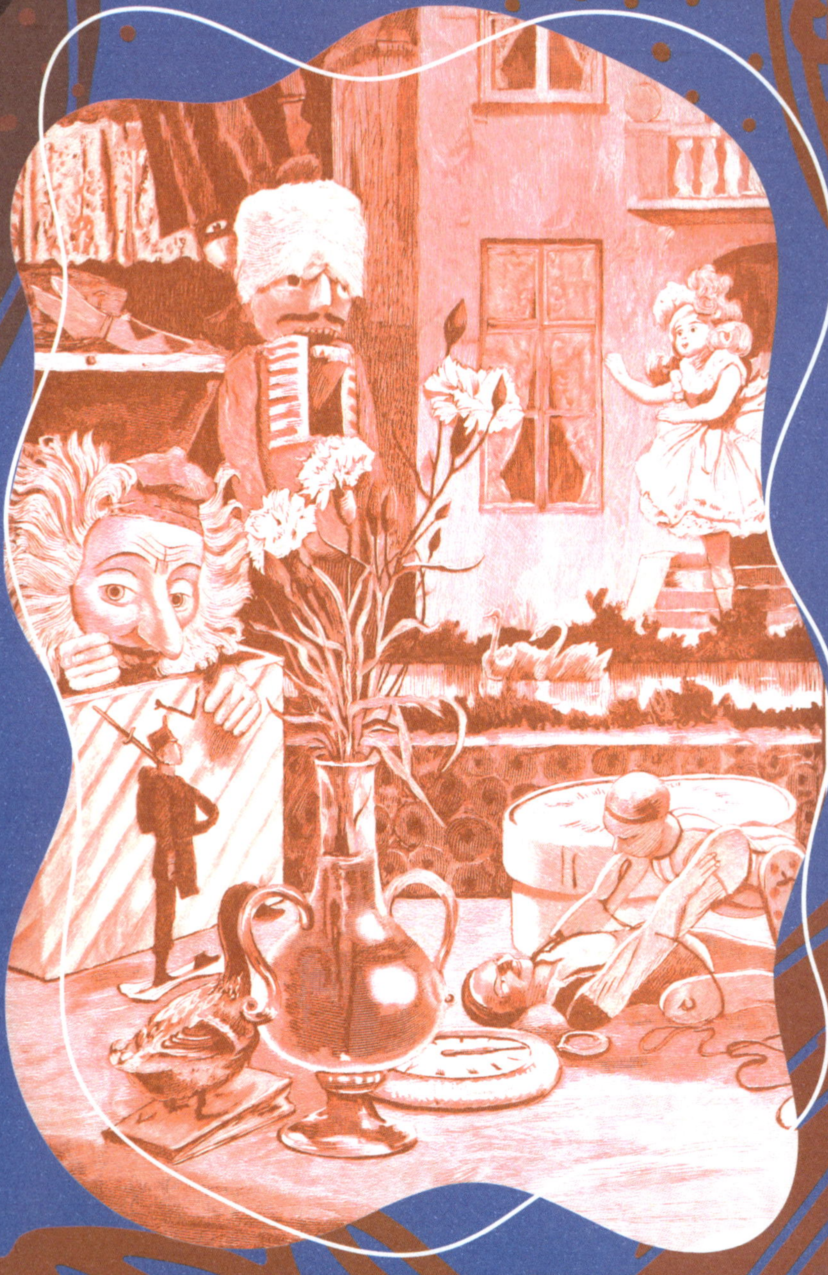

O SOLDADINHO DE CHUMBO

Era uma vez um batalhão de vinte e cinco soldadinhos de chumbo, todos irmãos, porque tinham sido feitos do mesmo pedaço de cano.

Traziam mosquetes ao ombro e conservavam-se perfeitamente esticadinhos no bonito uniforme vermelho e azul.

Logo que foram tirados da caixa de papelão, ouviram um grito de surpresa de um menino que pulava de contente:

"Soldadinhos de chumbo!". Eles haviam sido dados de presente a esse menino no dia dos seus anos e agora estavam perfilados em cima da mesa. Cada qual era exatamente semelhante aos demais, exceto um, que tinha uma perna só. Foi o último a ser fundido e faltou um bocadinho de chumbo. Apesar disso, perfilava-se tão bem na perna só como os outros nas duas – e, justamente por ser perneta, tornou-se um personagem célebre.

A mesa estava cheia de outros brinquedos, entre os quais um lindo castelinho de papelão. Através das minúsculas janelas, a gente podia espiar o interior das salas. Defronte havia um pequeno lago de espelho, com várias árvores em redor, dando a impressão de um verdadeiro lago de água. Cisnes de massa nadavam sobre o lago, refletindo-se na água. O mais apreciado de todos, porém, era uma pequenina dama de pé na entrada do castelo, também recortada em papelão. Vestia vestido de musselina e trazia ao ombro xalinho azul preso com uma rosa de ouropel metálico, tão grande como a cara dela. Parecia uma dançarina pelo modo de ter as mãos à cintura e uma das pernas erguida – tão erguida que o soldadinho não a notou e julgou que também ela fosse perneta.

— Está ali uma boa mulher para mim — pensou

o soldadinho — Mas a maçada é que é rica e vive num grande castelo, ao passo que eu nada possuo e moro numa caixa de papelão com vinte e quatro companheiros. Não há nessa caixa lugar para uma tão notável dama. Não obstante isso, vou travar relações com ela. E o soldadinho perneta, que havia caído de muito mau jeito junto à tampa da caixa, mesmo assim ficou a espiar amorosamente a dançarina do castelo.

Quando anoiteceu, os outros soldados foram postos dentro da caixa e todos da casa recolheram-se para dormir. Só ficou de fora o perneta, porque, como houvesse caído, não foi notado. Logo que todos se retiraram, os brinquedos de cima da mesa puseram-se a brincar, com grande desespero dos soldadinhos da caixa, que não podiam erguer a tampa. Mais coisas havia sobre a mesa – um quebra-nozes, que começou a dar pulos, e um lápis, que se equilibrou de pé na ponta com grande habilidade. O barulho foi tal que o canarinho da gaiola acordou em seu poleiro, pondo-se a falar – e em verso, como os canários gostam de fazer. Só não se moveram dos seus lugares a dançarina e o soldadinho perneta, que não tirava dela os olhos um só instante.

Nisto o relógio bateu as doze pancadas da

meia-noite – e craque! Uma caixinha de segredo, que também lá estava, abriu-se de repente, projetando para o ar um saci preto a fazer caretas.

— Soldadinho — disse o saci —, cuidado com as coisas proibidas!

O soldadinho fingiu nada ouvir.

— Espere até amanhã — aconselhou o saci.

Na manhã seguinte, quando as crianças se levantaram, o soldadinho foi posto no peitoril da janela; súbito, ou por artes do saci ou por algum golpe de vento, a vidraça abriu-se e lá caiu ele de ponta-cabeça na rua, duma altura de três andares. Foi uma queda horrível. Ficou com a baioneta e a cabeça enterradas no chão e a perninha para o ar.

O menino e mais sua ama logo apareceram na rua em procura dele; mas não o encontraram, embora por um triz não o pisassem. Se ele pudesse gritar "Estou aqui!", teria sido achado, mas um soldado que está de sentinela não tem ordem de gritar coisa nenhuma que não seja do regulamento.

Depois começou a chover. Gotas caíam cada vez mais apressadas e grossas, até que desabou um verdadeiro temporal.

Quando o aguaceiro amainou, dois meninos que vinham passando viram-no e gritaram: "Olhe o que está ali! Um soldadinho de chumbo. Bom para navegar numa barquinha de papel".

E fizeram uma barquinha de papel e botaram o soldadinho dentro e soltaram a pequena embarcação num enxurro vermelho que ainda corria pela beira da calçada, pondo-se a correr ao lado, batendo palmas. Que enxurro forte era aquele! Corria apressado, estreitando-se num ponto, alargando-se logo adiante – e levava a barquinha aos trancos, ora veloz, ora mais vagarosa nos remansos. Em certos lugares, formava turbilhão e a nave de papel girava tão depressa que o soldadinho de chumbo tremia dentro dela; mas não perdia a compostura nem fazia caretas de medo, sempre firme com o mosquete ao ombro.

De repente, a barquinha meteu-se por debaixo duma ponte sob a qual passava o enxurro.

— Para onde estarei indo eu? — pensou o soldadinho ao entrar naquele escuro. — Se a mocinha do castelo estivesse aqui ao meu lado, não seria nada...

Nisto apareceu uma ratazana, dessas que moram nos esgotos.

— Tem passe? — disse ela. — Se tem, mostre-o.

Mas o soldadinho não murmurou uma só palavra de resposta e segurou ainda mais firme o seu mosquete. A barquinha continuou a deslizar e a ratazana seguiu-a, furiosa, arreganhando os dentes e gritando para os cavacos e ciscos que também boiavam na água: "Prendam-no! Ele não pagou passagem nem mostrou nenhum passe".

Ninguém o prendeu e a barquinha seguiu caminho, sempre veloz, até que a luz do dia se mostrou de novo do outro lado da ponte. Nesse momento, o soldadinho ouviu um grande rumor capaz de meter medo a outro que fosse menos valente. Era o barulho das águas que, depois de acabada a ponte, se precipitavam num grande bueiro de esgoto. Perigo enorme, o mesmo que ameaçaria um bote de gente grande ao ser arrastado para uma grande cachoeira.

E a barquinha precipitou-se no abismo, com o soldadinho tão firme como sempre. Ele nem piscava. A frágil embarcação não pôde resistir; encheu-se d'água e foi afundando, com o papel encharcado a desfazer-se. A água já dava pelo pescoço do soldadinho; depois cobriu-o inteiro. Nesse momento, ele pensou na dançarininha que seus olhos nunca mais veriam e veio-lhe à memória o estribilho duma velha canção:

Por entre lanças e espadas
Lá vai o heroico soldado,
Pois cair na dura luta
Sempre foi seu triste fado.

Mas a barquinha não resistia mais; abriu-se em dois pedaços – e o soldadinho começou a ir para o fundo; foi caindo, caindo, até que um grande peixe – nhoque! – o engoliu. Que escuridão terrível dentro do peixe! Muito mais que debaixo da ponte. E não havia espaço para mexer-se – tudo apertadinho. Apesar disso, o nosso herói não perdeu a compostura; continuou firme, sempre de mosquete ao ombro como se estivesse de guarda.

O peixe nadou, nadou, e deu depois saltos e pinotes de louco; por fim, sossegou; algum tempo mais tarde, o soldadinho viu novamente a luz do dia ir rompendo aquela escuridão parada, ao mesmo tempo que uma voz dizia com surpresa: "O soldadinho de chumbo!". É que o peixe tinha sido pescado, levado à feira, vendido e fora aberto por um cozinheiro. Da cozinha, o soldadinho foi levado para a sala, onde todos se reuniram para ver o grande herói que tinha viajado na barriga dum peixe. Ele, porém, não se mostrou orgulhoso da façanha; mostrou-se apenas espantado de verificar que estava na mesma sala, sobre a mesma mesa, rodeado das mesmas crianças e dos mesmos brinquedos que já conhecia. À distância, viu o castelinho com a dançarininha à porta, sempre na mesma atitude. Continuava de pé erguido como ele a deixara. Isso comoveu tanto o nosso soldadinho que quase o fez chorar lágrima de chumbo – mas, como um soldado não chora, ele não chorou. Olhou para ela e ela olhou para ele, sem pronunciarem uma só palavra.

Súbito, um dos meninos agarrou-o e jogou-o no fogão da sala, sem haver o menor motivo para isso. "Artes do saci da caixa", pensou o soldadinho ao ser envolvido pelas chamas. Sentiu logo um calor tremendo, que não pode saber se era das chamas do fogão ou das chamas do amor que o consumiam. As cores do seu uniforme desapareceram, torradas. Ficou negrinho, como negro de tristeza estava o seu coração. A dançarininha olhava para ele, e ele olhava para ela, mas sem se mexer, firme no posto como bom soldado que era.

Nisto a porta abriu-se, e uma rajada de vento varreu a mesa dos brinquedos. A dançarina, o mais leve de todos, foi lançada para dentro do fogão, caindo bem rente ao soldadinho – e o fogo a consumiu num momento. Logo após, o bravo militar começou a sentir o corpo mole a derreter-se, e derreteu-se todinho, ficando reduzido a uns pingos líquidos no fundo de brasas.

No outro dia, quando a criada veio fazer a limpeza, encontrou entre as cinzas um pedacinho de chumbo em forma de coração. Da dançarina só restava a rosa ouropel, mas já sem cor, torrada pelo fogo.

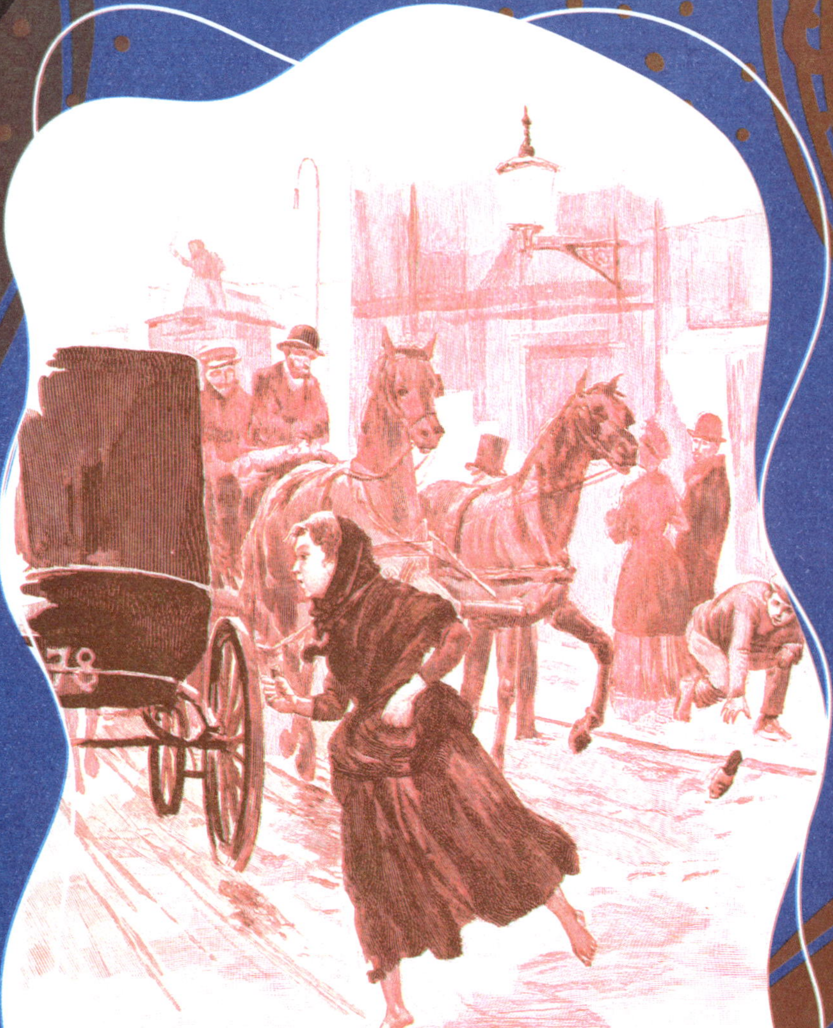

A MENINA DOS FÓSFOROS

Isto foi num desses países onde a neve cai durante o tempo de inverno – e fazia um horrível frio naquela noite, que era a última noite do ano.

Dentro do frio e dentro do escuro da noite, a menininha lá seguia, de pés descalços pela cidade deserta. Descalça? Sim. É verdade que saíra de casa com um par de chinelas muito grandes para seus pés, pois tinham sido de sua mãe. Ao atravessar a rua, porém, teve de correr, para desviar-se duma carruagem na disparada, e perdeu as chinelas; quando voltou para procurá-las, viu que um moleque havia apanhado um pé, saindo a correr com ele na mão. "Vou fazer um berço desta chinela!", dizia ele. O outro pé não foi possível encontrar – com certeza sumiu enterrado na neve pelas patas dos cavalos.

Por isso, lá ia a menina de pés nus e já azuis do frio. Era uma vendedeira de fósforos, do tempo em que os fósforos se vendiam soltos, e não em caixa; no avental, trazia uma porção deles e, na mão, um punhadinho. Mas ninguém lhe comprava ainda um só, e lá se ia ela, tiritando de frio, sem um vintém no bolso. Verdadeiro retrato da miséria, a coitadinha!

Flocos de neve recobriam seus cabelos cor de ouro, todo cacheados, sem que a menina desse por isso.

Em muitas casas, a luz do interior saía pelas janelas misturada com um saboroso cheiro de ganso assado – porque era o dia de S. Silvestre, dia em que todos que podem comem um ganso assado.

Em certo ponto, a menina sentou-se encolhidinha rente a uma parede e cruzou os pés debaixo da saia. Nada adiantou. Sentiu-os mais enregelados ainda. Como não tivesse vendido nenhum fósforo, não se animava a voltar para casa. Sem dinheiro no bolso, estava proibida de aparecer lá.

Seu pai com certeza que a surraria – além disso, o frio era lá tanto como ali. Uma casa velha, de teto esburacado e paredes rachadas por onde o vento entrava zunindo.

Suas mãozinhas começaram a perder os movimentos.

Teve uma ideia: acender um daqueles fósforos para aquecer os dedos entanguidos. Assim fez. Riscou um fósforo na parede – chit! Que luz bonita e que agradável quentura! O fósforo queimava qual velinha, com a chama defendida do vento pela sua mão em concha. Que bom! A menina sentia como se estivesse sentada diante dum grande fogão, como ferros para mexer as brasas e uma caixa de lenha ao lado. Tão agradável aquele calorzinho do fósforo que ela espichou o pé para que também aproveitasse um pouco – mas nisto a chama foi morrendo e afinal apagou-se. Só ficou em sua mão um toquinho carbonizado.

A menina riscou outro fósforo, e à luz dele a parede da casa em que estava encostada tornou-se transparente como um véu, deixando ver tudo quanto se passava lá dentro. Estava posta uma grande mesa, com toalha alvíssima e prataria de porcelana; no centro, um ganso recheado com maçãs e ameixas, que rescendia um perfume delicioso. De repente, o ganso ergueu-se da travessa e, ainda com a faca e o garfo de trinchar espetados no papo, veio na direção dela.

Nisto o fósforo apagou-se e tudo desapareceu. A menina riscou outro fósforo, e imediatamente se achou sentada debaixo da mais bela árvore de Natal que seus olhos ainda tinham visto nas casas de brinquedos. Mil velinhas ardiam na ponta dos galhos, e os enfeites dependurados pareciam olhar para ela. Mas esse fósforo também foi se apagando e, à medida que ia se apagando, a árvore de Natal ia crescendo, crescendo, e as velinhas subindo, até ficarem como estrelas no céu. Uma delas caiu, traçando um longo risco de luz.

— Alguém está morrendo — pensou a menina com a ideia em sua avó. A boa velhinha fora a única pessoa na vida que lhe dera amor, e costumava dizer que, quando uma estrela cai, é sinal de que alguém está morrendo e com a alma a ir para o céu.

A menina acendeu outro fósforo – e desta vez o que apareceu foi a sua própria vovó, brilhante como um espírito e com o mesmo olhar meigo de sempre.

— Vovó! — exclamou ela. — Leve-me consigo! Eu sei que a senhora vai sumir-se quando este fósforo chegar ao fim, como aconteceu com o ganso recheado e a linda árvore de Natal...

E, para que isso não acontecesse, a menina tratou de acender um fósforo atrás do outro, sem esperar que a chama morresse. Era o meio de conservar a vovó perto de si.

E os fósforos foram ardendo com luz brilhante como a do dia, e sua vovó nunca lhe pareceu tão bela, nem tão grande. Foi-se chegando, tomou a netinha nos braços e com ela voou, radiante, para as alturas onde não há neve, nem frio mortal, nem fome, nem cuidados – para o céu.

No outro dia, encontraram o corpo da menina entanguido na calçada, com as faces roxas e um sorriso feliz nos lábios. Havia morrido de fome e frio na última noite daquele dezembro.

O sol do novo ano veio brincar sobre o pequenino cadáver. Em sua mãozinha rígida, estavam ainda os fósforos que não tivera tempo de acender. Os passantes olhavam e diziam "A coitada procurou aquecer-se com os fósforos", mas ninguém suspeitou as lindas coisas que ela viu, nem o deslumbramento com que começou o ano novo em companhia de sua vovó.

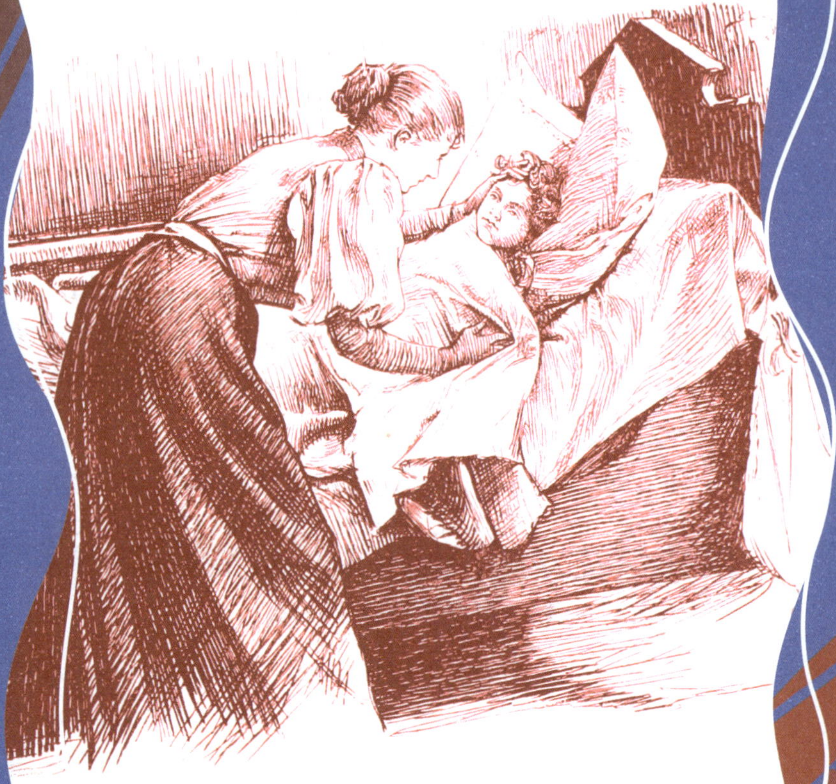

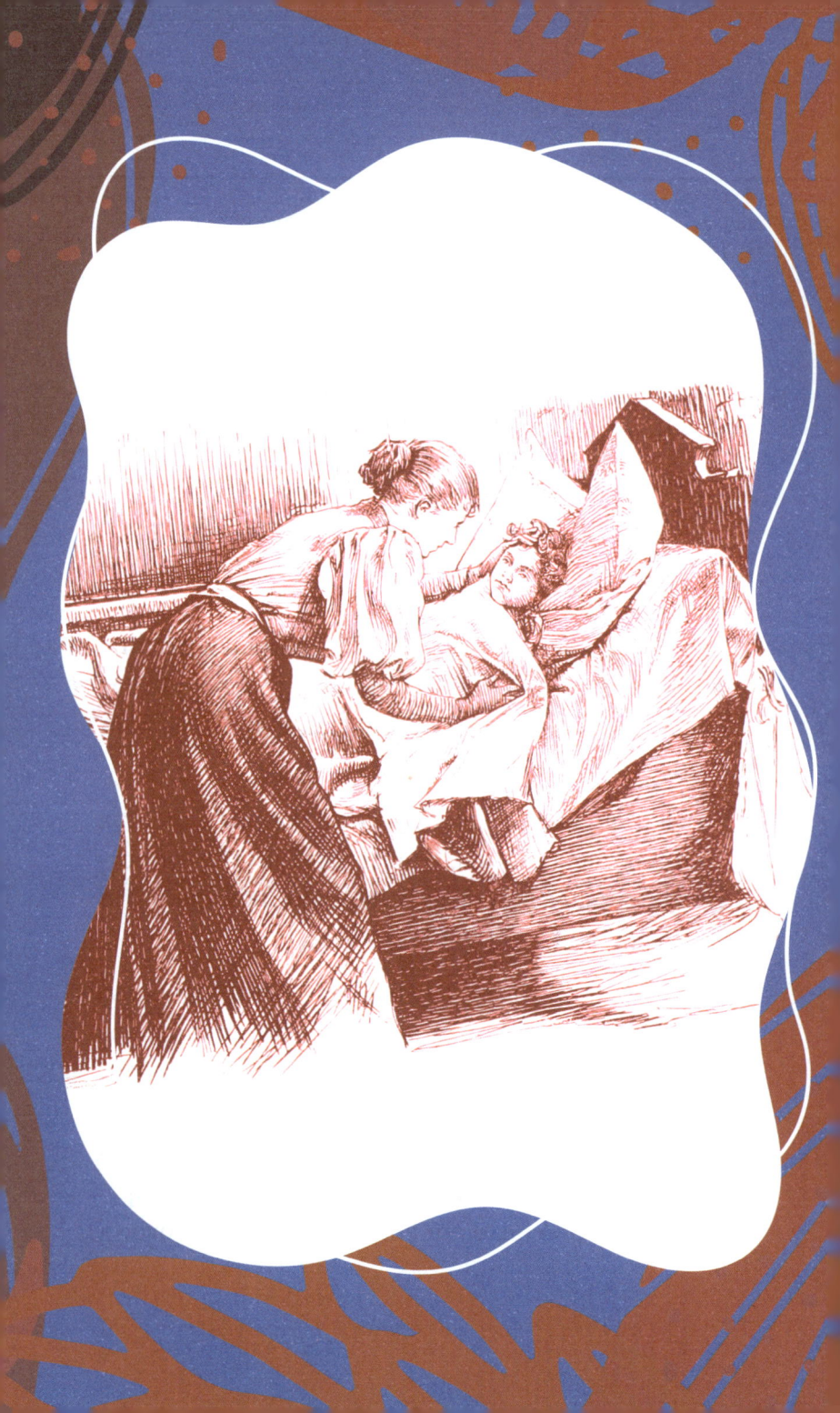

O PEQUENO TUQUE

Era uma vez um menino chamado Tuque, apelido pelo qual todos o conheciam: ninguém o tratava pelo verdadeiro nome. Apesar de ter sua lição a estudar, era o pequeno Tuque obrigado a pajear a irmãzinha, duas tarefas muito pesadas para um menininho só. Horas a fio passava com a irmãzinha ao colo, embalando-a com todas as canções que sabia de cor. De quando em quando, lançava uma olhadela para a geografia aberta à sua frente. E era com pesar que se lembrava que teria de repetir de cor na aula do dia seguinte os nomes das principais cidades da Dinamarca e tudo mais que sobre elas soubesse.

Sua mãe, que estivera fora de casa, ao chegar tomou a filhinha nos braços, e Tuque correu à janela, ansioso por estudar a sua lição. Repetidas vezes leu e releu o capítulo referente à Zelândia, que é uma ilha da Dinamarca, até que seus olhos principiaram a doer, pois fazia-se noite e não havia uma só vela na casa.

— Lá vai a lavadeira subindo a rua — disse a mãe de Tuque, chegando à janela. — Mal pode consigo, a pobre. Seja um bom menino, Tuque, e vá ajudá-la a carregar o pote d'água.

Obedecendo à mamãe, o pequenino Tuque correu a auxiliar a lavadeira. De volta, veio encontrar o quarto imerso em densa penumbra e, como nem vela tivesse, resolveu deitar-se. Longo tempo ficou a pensar na lição de geografia e em tudo mais que lhe ensinara o mestre naquele dia. Devia ter estudado mais; infelizmente, porém, não lhe fora possível. Por fim, colocou o livro debaixo do travesseiro – já ouvira dizer na escola que isto auxiliava o estudante a não esquecer a lição, embora não tivesse grande confiança na eficácia do método...

Continuou pensando numa porção de coisas e afinal, ao ser vencido pelo sono, sentiu que alguém o beijava na boca. Pareceu-lhe ouvir a velha lavadeira murmurar com voz carinhosa:

— Seria um pecado se você não soubesse a lição amanhã. E como foi bom para comigo, ajudando-me a carregar o pote d'água, vou ajudá-lo a estudar a lição.

Nem bem a boa mulher acabara de falar, a geografia, que se achava debaixo do travesseiro, pôs-se a mover-se como um ser animado.

— Có! Có! Có! — cacarejou uma galinha saindo do livro. — Sou de Kioge, disse ela – e contou ao menino tudo quanto sabia sobre a cidade de Kioge, desde o número de habitantes, edifícios principais, história, até a batalha travada entre ingleses e dinamarqueses, combate, aliás, que não foi de grande importância.

Mal a galinha parou de falar, surgiu do livro um pássaro de madeira, uma espécie de periquito usado como alvo na cidade de Prastoe. Segundo contou ele, o número de habitantes da vila não ultrapassava o das tachinhas espetadas no seu corpo – e isso o tornava extremamente orgulhoso.

— Thorwaldsen foi meu vizinho, e aqui estou são e salvo.

Eis que, de um momento para outro, o pequeno Tuque se vê à garupa de um belo corcel, cavalgado por um guerreiro de capacete de ferro enfeitado de plumas. Velozmente galopou através de florestas e campos até a cidade de Vordingborg, cujo edifício mais importante era o castelo real, com as suas torres e janelas iluminadas. Do interior desse castelo vinham sons de música – era o rei Valdemar, que bailava com as damas da corte.

Pela manhã, com o nascer do sol, o castelo desmanchou-se como por encanto. Uma após outra, as majestosas torres desabaram, e toda a cidade fez-se em ruínas. Onde se erguera o castelo só havia agora uma torre. Tão insignificante se tornara a cidade que os meninos que passavam sobraçando livros, a caminho da escola, gritavam com desprezo: "Só dois mil habitantes!". E mesmo isso era exagero.

Novamente, o pequeno Tuque se viu em sua cama. Parecia-lhe estar sonhando e ao mesmo tempo tinha a impressão de estar desperto. Nisto alguém se aproximou.

— Tuque, Tuque — chamou um pequenino marinheiro. — Trago-lhe as saudações de Corsor. É uma cidadezinha muito nova ainda, mas cheia de vida, com muitos carros e navios. Foi antigamente um porto muito feio, sem o menor atrativo, pois era lá que os navios ficavam à espera de bom vento para prosseguirem viagem. Agora, porém, com a invenção dos barcos a vapor, tudo mudou.

— Fico situada na costa do país — disse Corsor, entrando na conversa. — Tenho boas estradas e belos parques onde brincam as crianças. Sou o berço natal de um grande poeta que foi o encanto de milhares de pessoas. Já uma vez projetei construir um navio para dar volta ao mundo; mas a ideia não foi avante. Sou muito perfumada, porque as mais cheirosas flores crescem nos meus jardins.

Estendendo o olhar para frente, o pequeno Tuque percebeu uma nuvem pintalgada; aos poucos, a sua visão foi-se aclarando, e o menino distinguiu o lombo de um outeiro recoberto de rosas, em cujo topo se erguia velha igreja com duas torres góticas. Ribeiros barulhentos desciam pela colina abaixo e, junto a um desses ribeiros, estava sentado um rei velho, tendo na cabeça toda branca uma coroa de ouro. Era o rei Hraor; perto dele apareceu a cidade de Roeskilde, na qual todos os soberanos da Dinamarca, com as suas coroas na cabeça e de mãos dadas, se mostravam a caminho da velha igreja. O órgão chorava um hino sacro, e os regatos corriam marulhantes. Era lá que tinham sido enterrados quase todos os reis do país.

O pequeno Tuque nada perdia do que se passava. Em certo momento, o rei Hraor lhe disse que não esquecesse as províncias.

Repentinamente, tudo desapareceu como por encanto – como se tivesse sido virada a página de um livro. E então surgiu diante de Tuque uma velha camponesa de Soroe, pacato burgo onde o mato cresce nas praças. Cobria-lhe a cabeça e os ombros um avental de linho amarelado, todo molhado.

Essa camponesa narrou-lhe muitas coisas interessantes sobre as comédias de Holberg, também fundador de uma academia militar em Soroe, e sobre Valdemar e Absalão.

Súbito, a velha começou a tremer e a esticar a cabeça.

— Creque! Creque! — coaxou ela. — Está úmido! Está úmido! – e num abrir e fechar de olhos transformou-se em rã, para no mesmo instante coaxar de novo e retomar a forma de mulher. E disse:

— A gente deve trajar-se de acordo com o tempo. Está muito úmido. Minha terra já exportou os melhores peixes e hoje possui meninos de faces rosadas, que estudam filosofia, o grego e o hebraico. Creque! Creque!

Tudo isso soava aos ouvidos de Tuque como um coaxar de rãs, ou como se alguém estivesse a patinar num charco; tão monótona era a voz da mulher que em breve o menino adormeceu.

Sonhou que sua irmãzinha se tornara uma jovem esbelta de olhos azuis e cabelos dourados, e que podia voar, embora não tivesse asas. E ambos, então, voaram sobre a Zelândia, passando por cima de florestas e de mares azuis.

— Está ouvindo o galo cantar, Tuque? Có-có-ri-có! As galinhas vêm voando de Kioge. Você terá uma grande propriedade e jamais saberá o que seja a miséria. Terá gansos de ouro e será rico e feliz. Sua residência será tão grandiosa como o palácio do rei Valdemar, e terá colunas de mármore vindas de Prastoe. Seu nome dará volta ao mundo, como o navio que foi projetado em Corsor...

— Não esqueça das províncias — disse o rei Hraor. — Você será sempre uma criatura sensata e, quando morrer, dormirá em paz...

Tuque afinal acordou. Ia amanhecendo e, por mais esforço que fizesse, não pôde reconstruir o que havia sonhado. Mas não importava – não há necessidade de a gente saber aquilo que ainda irá ver.

Saltando da cama, releu a lição e imediatamente soube-a de cor. Nisto a lavadeira entreabriu a porta e disse, com voz amiga:

— Muito obrigada pelo ajutório de ontem, meu bom menino. Que Deus o abençoe e faça que se realizem todos os seus sonhos dourados.

Aqui termina a história do nosso herói. Jamais soube ele o que havia sonhado; mas não importa – Deus o soube.

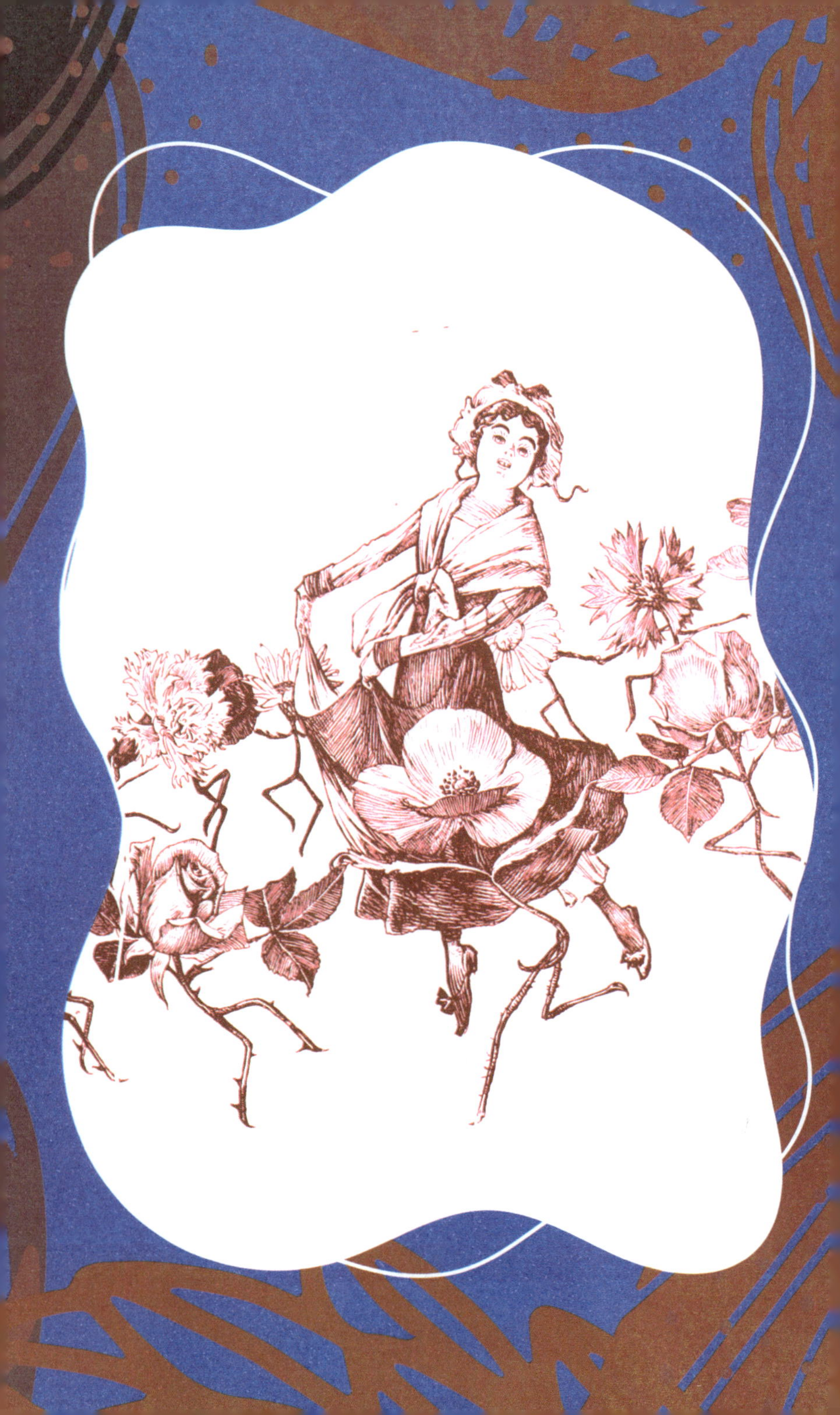

AS FLORES DE IDINHA

— Coitadinhas das flores! Estão morrendo... Tão viçosas ontem, e hoje tão murchas... Por que isso? — perguntou a menina Ida ao estudante que se sentara ao seu lado, no sofá. Eram os dois muito amigos. Ele contava histórias muito bonitas e também sabia recortar figuras de papel; fazia bailarinas, cestas de flores, soldados e até castelos com portinhas e janelas de abrir e fechar.

— Por que isso? — continuou a menina. — Por que é que estas flores estão morrendo?

— Ah, não sabe? — disse o estudante. — É que a noite passada foram ao baile.

— Mas as flores dançam?

— Dançam, sim. Quando escurece e todos vão para a cama, elas correm ao baile. Há bailes de flores todas as noites.

— E onde dançam?

— No palácio de verão do rei, naqueles maravilhosos jardins e lagos cheios de cisnes branquinhos. É lá o baile das flores.

Idinha ficou a pensar. Depois disse:

— Ontem fui com mamãe ao jardim público. As árvores estavam completamente despidas de flores. Não vi uma só. Para onde foram? Da última vez que estive no jardim, era o contrário. Era flor de não acabar mais.

— Foram para o palácio do rei — explicou o estudante. — Assim que o rei e a rainha e todos da corte voltam para o palácio da cidade, as flores da cidade abandonam as árvores e correm para o palácio do rei. É lindo, então! Duas rosas das mais bonitas sobem ao trono e ficam sendo uma o rei, outra a rainha. As violetas colocam-se respeitosamente em redor, fazendo o papel de damas de honra. Depois chegam as outras, e começa o baile. As margaridas dançam com os cravos; as papoulas dançam com os jacintos. As tulipas e os lírios fazem-se de fidalgas e fidalgos de meia-idade, dos que ficam de lado assistindo à festa e criticando os outros.

— E o rei deixa que as flores tomem conta do palácio? — quis saber a menina.

— O rei nem sabe. Elas fazem tudo em segredo. Às vezes, o velho mordomo de palácio desconfia e vem altas horas da noite dar uma espiada no salão; mas assim que as flores ouvem o barulho da chave na fechadura, correm a esconder-se atrás dos reposteiros, onde ficam só com a cabecinha de fora. O mordomo entra, olha, não vê nada e retira-se dizendo: "Hum! Que perfume agradável está aqui!".

— Que maravilha não deve ser esse baile! — exclamou Idinha, pensativa. — Eu queria espiar! Posso?...

— Pode, sim. Pode espiar por um buraquinho. Inda hoje eu fiz isso. Tinha ido dar um passeio pelo parque real e espiei – e vi um lírio muito branco deitado num divã cochilando.

— E as flores do jardim botânico? Também vão

ao baile, apesar desse jardim ser tão longe do palácio real?

— Distância não quer dizer nada. Elas voam. As borboletas, por exemplo, são pétalas saídas de flores que voavam. Às vezes, voam muito alto e cansam-se, e as pétalas caem, e vêm descendo e viram asas de borboletas. Por isso que há tanta borboleta e por isso que as borboletas só querem saber de flores – vivem pousadas nas flores e, quando deixam uma, é para irem pousar em outra.

— Mas as flores do jardim botânico vão ao baile? Você não respondeu.

— Pode ser e pode não ser. Certeza não tenho; mas se a Idinha for lá e contar a uma delas que vai haver um grande baile de flores no palácio do rei, juro que essa conta a todas as outras e, quando chegar a hora, não fica lá nenhuma. Imagine a cara do velho sábio de óculos de ouro, que é o botânico do jardim. Entra no jardim e não encontra nem uma só das milhares de flores que havia na véspera!

— Mas como uma flor pode contar às outras, se as flores não falam?

— Não falam, mas entendem-se lá na linguagem delas, como as formiguinhas. Não reparou que em dia de vento as flores se curvam umas sobre as outras e tremem as pétalas? É o seu modo de conversar.

— E o velho sábio de óculos compreende o que elas dizem?

— Pois decerto que compreende. Até sei um caso que se deu certa manhã. Ele chegou e viu uma flor de urtiga a namorar um cravo. "Você é lindinho!", dizia a assanhada. O sábio, que não gostava de namoros, deu jeito nas folhas da urtiga de modo a separar a flor namoradeira e o cravo – e sabe o que aconteceu? Queimou a mão! As folhas de urtiga queimam que nem fogo – para isso, para se defenderem dos sábios de óculos de ouro.

— Oh, como devia ser engraçado! — exclamou Idinha, batendo palmas.

Na sala estava também, lendo um jornal, um velho amigo da casa, que era figurão muito importante na política. Um senhor respeitável, que não se ria nunca e só conversava negócios. O estudante não gostava dele, porque o conselheiro (era conselheiro) vivia criticando-o por contar histórias e recortar figurinhas de papel. Uma das figurinhas que o estudante gostava de recortar era uma bruxa montada num cabo de vassoura. O conselheiro dizia:

"Que bobagem, estar pondo essas tolices na cabeça das crianças!".

Mas a pequenina Ida gostava imenso das histórias e das figurinhas e, ao ouvir aquela história de flores, ficou a cismar. As flores do vaso estavam murchas por terem ido ao baile. Era canseira. Coitadas! E Ida levou-as para o seu quarto de brinquedos e as depôs sobre o tapete cheio de soldadinhos de chumbo, polichinelos, bonecos e ursos. Sofia, a boneca preferida, dormia de olhos fechados numa caminha. Ida abaixou-se para ela e disse:

— Você vai me ceder essa cama para as flores, sim? Não faça cara feia, sua má! Por hoje fica no gavetão. Por hoje só. Amanhã volta para a caminha, está entendendo? As flores dançaram demais e estão cansadíssimas. Precisam repousar numa boa cama fofa.

A boneca fez bico, mas não teve remédio senão entrar na gaveta. Ida deitou as flores e cobriu-as com a colchinha.

— E fiquem quietas, ouviram? Vou fazer um chá de folha de laranjeira.

Fez ali mesmo um chá de mentira, que deu às flores pelo bico dum regadorzinho verde – e pronto!

Antes de sair do quarto, cerrou o cortinado da caminha, para que o sol na manhã seguinte não viesse bater no rosto das doentes.

Naquela noite, Idinha só pensou nas histórias ouvidas e, antes de deitar-se, foi espiar o vaso de gerânios que sua mãe pusera no terraço, dizendo-lhes: "Pensam que não sei o que vão fazer esta noite?". Mas os gerânios não mexeram uma só pétala. Estavam fingindo que não entendiam...

Na cama, Idinha pôs-se a imaginar que delicioso seria assistir a um baile de flores no palácio real, sobretudo para saber se as flores de sua casa também iriam. E, pensando nisso, adormeceu.

Altas horas a menina acordou, depois de ter sonhado muito com as flores, com o estudante e com um besourão mal-encarado que era o conselheiro. Reinava completo silêncio. No criado-mudo, a luzinha amarela da lamparina de azeite parecia adormecida, de tão parada e pontudinha para cima. Ida teve uma ideia.

— As flores estarão ainda na caminha de Sofia ou foram ao baile? Vou ver.

Levantou-se e foi espiar no cômodo vizinho, onde era o quarto das crianças. Tudo em ordem, como ela deixara. Mas percebeu que da sala onde estivera com o estudante vinham uns sons de piano muito baixinhos.

— Música! — exclamou a menina. — Vai ver que as flores de lá estão dançando — e não resistiu, foi ver. Atravessou pé ante pé o quarto da mamãe, que era pegado ao seu, e foi. Entrou na sala...

— Que maravilhoso espetáculo! Entrando pelas vidraças, a lua punha na sala uma claridade que parecia leite, e todos os vasos das janelas e do terraço estavam sem flor nenhuma. As diabinhas tinham saído para a dança – e dançavam na sala, mas dançavam mesmo, como gentinhas! Sentado ao piano, Ida viu um lírio rajado, que havia nascido no jardim meses atrás – Ida lembrava-se muito bem. E lembrava-se porque o estudante estivera naquele dia no jardim e dissera: "Veja aquele lírio rajado, Ida! Veja como se parece com a Lídia!". Ida olhava para ele no piano e via que era mesmo – era a Lídia sem tirar nem pôr. Até aquele jeito dela inclinar a cabeça quando tocava piano.

Mas as flores dançarinas não prestavam a menor atenção à menina. Era como se não a enxergassem. Em certo momento, Ida viu uma dália correr ao quarto e abrir o cortinadinho da cama da boneca.

Imediatamente, as flores doentes ergueram-se e trocaram sinais com a dália, como significando que também queriam dançar. A dália foi a uma mesinha onde havia um Buda de terracota (era dentro dele que a mãe de Ida queimava incenso para perfumar o quarto) e trouxe-o. O Buda abriu os braços e impôs as mãos sobre as flores – que imediatamente sararam. Ficaram com o mesmo viço do primeiro dia – e, pulando da cama, foram dançar.

Nisto Ida ouviu um barulho mais forte. Olhou. Era uma banqueta de três pernas que morava num canto do quarto, sempre com uma estatueta de bonzo chinês em cima. A banqueta pôs-se a saracotear nas três pernas, dançando mazurca, uma dança que, por serem muito levezinhas, as flores não dançavam. Nisto, o bonzo começou a crescer, a crescer, de cartola na cabeça e muito sério. Abriu a boca e disse:

— Que bobagem, meter essas coisas na cabeça das crianças!

Depois, o bonzo continuou a crescer, até ficar igualzinho ao conselheiro, e veio uma bruxa de papel, montada em cabo de vassoura, e deu-lhe uma vassourada na cabeça e achatou-o, e o conselheiro virou bonzo outra vez. E ora crescia e virava conselheiro, ora diminuía e revirava bonzo, e como a banqueta continuasse na mazurca, o conselheiro-bonzo também tinha de dançar – espetáculo que muito divertiu as flores. Por fim, as flores enjoaram-se da banqueta, do conselheiro e do bonzo e empurraram a banqueta para o canto.

— Basta de assanhamento. Você não é flor — disseram.

Nisto o Buda notou que de dentro duma gaveta batiam nervosamente. Correu a abri-la. Era a boneca de Idinha.

— Hum! — exclamou a boneca, em tom de zanga. — Então há festa por aqui e não me convidam?

O Buda, que gostava de Sofia, convidou-a para uma valsa.

— Não se enxerga, seu cara de coruja? — foi a resposta da orgulhosinha – e de queixo erguido sentou-se numa quina da gaveta, à espera de que algum cravo ou jacinto viesse tirá-la. Tossiu duas vezes para chamar a atenção sobre si — "hem, hem!". Nem assim. Nenhum cravo veio tirá-la e, de despeito, Sofia começou a sapatear de raiva — e tanto sapateou que — "bumba" — caiu no chão, de ponta-cabeça.

As flores então correram a acudi-la, e as que haviam dormido em sua caminha mostraram-se muito solícitas, querendo saber se se machucara e onde. Depois agradeceram a Sofia a caminha tão fofa e levaram-na para o meio do quarto, onde o luar brilhava mais forte. E com ela dançaram uma polca. Sofia sentiu-se muito lisonjeada e declarou às flores que poderiam continuar na sua caminha, pois que ela não fazia caso de dormir na gaveta.

— Muito agradecemos tamanha gentileza — disseram as flores. — Mas, como nossa vida é muito curta, amanhã estaremos todas mortas. Só queremos que peça a Idinha que nos enterre no jardim bem no lugar onde está enterrado aquele canarinho que cantava tão lindamente. Se ela fizer isso, nós nos meteremos pela terra adentro em procura das raízes e caules das plantas e, na próxima primavera, apareceremos outra vez nos galhos, mais belas e viçosas do que nunca.

— Mas eu não quero que vocês morram! — disse a boneca, beijando-as. — Não tem graça nenhuma, isso de morrer...

Nesse instante, abriu-se a porta do quarto, e inúmeras flores desconhecidas apareceram dançando.

— Quem são elas? — perguntou a menina ao Buda.

— Devem ser as do palácio do rei — respondeu ele.

Duas grandes rosas cor-de-rosa vinham na frente – eram o rei e a rainha; em seguida, as damas de honra – as violetas; e depois toda a fidalguia da corte – cravos, begônias, papoulas, margaridas, damas-entre-verdes, miosótis, resedás, crisântemos. Fechava o cortejo uma orquestra de gerânios, que sopravam músicas em vagens e chacoalhavam cápsulas secas de papoulas. Sopravam com tanto esforço que estavam mais vermelhinhas do que nunca. O baile então ficou animadíssimo e assim se prolongou até de madrugada. Lá pelas três horas parou. As flores despediram-se umas das outras e começaram a retirar-se. Umas foram para o jardim; outras, para os vasos. Vendo a sala vazia, Idinha também se retirou, voltando para sua cama, onde dormiu regaladamente.

Na manhã seguinte, logo que pulou da cama, correu ao quarto para ver como iam as flores doentes. Lá estavam na caminha de Sofia, só que mais murchas do que na véspera.

Depois abriu a gaveta e olhou para a cara de Sofia. A boneca estava com ar de aborrecida.

— Grande marota! — disse a menina. — Fique

sabendo que vi tudo!... E acho que é uma grande ingrata. As flores foram tão boazinhas para você...

Depois, Ida guardou as flores murchas numa caixa de papelão que tinha uma linda pintura de passarinho na tampa.

— Vão ficar aqui até que os primos apareçam. Faremos então um lindo enterro, para que vocês voltem de novo aos galhinhos na próxima primavera.

Os primos de Ida eram dois, e chamavam-se Jonas e Jaime. Justamente no dia seguinte, ganharam uns arcos novos, que vieram mostrar à menina. Ela então contou-lhes tudo e pediu-lhes que a ajudassem a enterrar as flores no jardim.

Foi bonito o enterro. Os meninos seguiam na frente, empunhando os arcos, e atrás vinha a Idinha, com a caixa na palma das mãos. Aberta a cova, a menina beijou as flores uma por uma e depositou-as lá no fundo. Depois cobriu-as de terra.

Enterro com salvas de tiros é muito lindo. Mas, como não houvesse espingardas nem rojões, os meninos lançaram para o ar, bem alto, as flechas novas – e foi o mesmo.

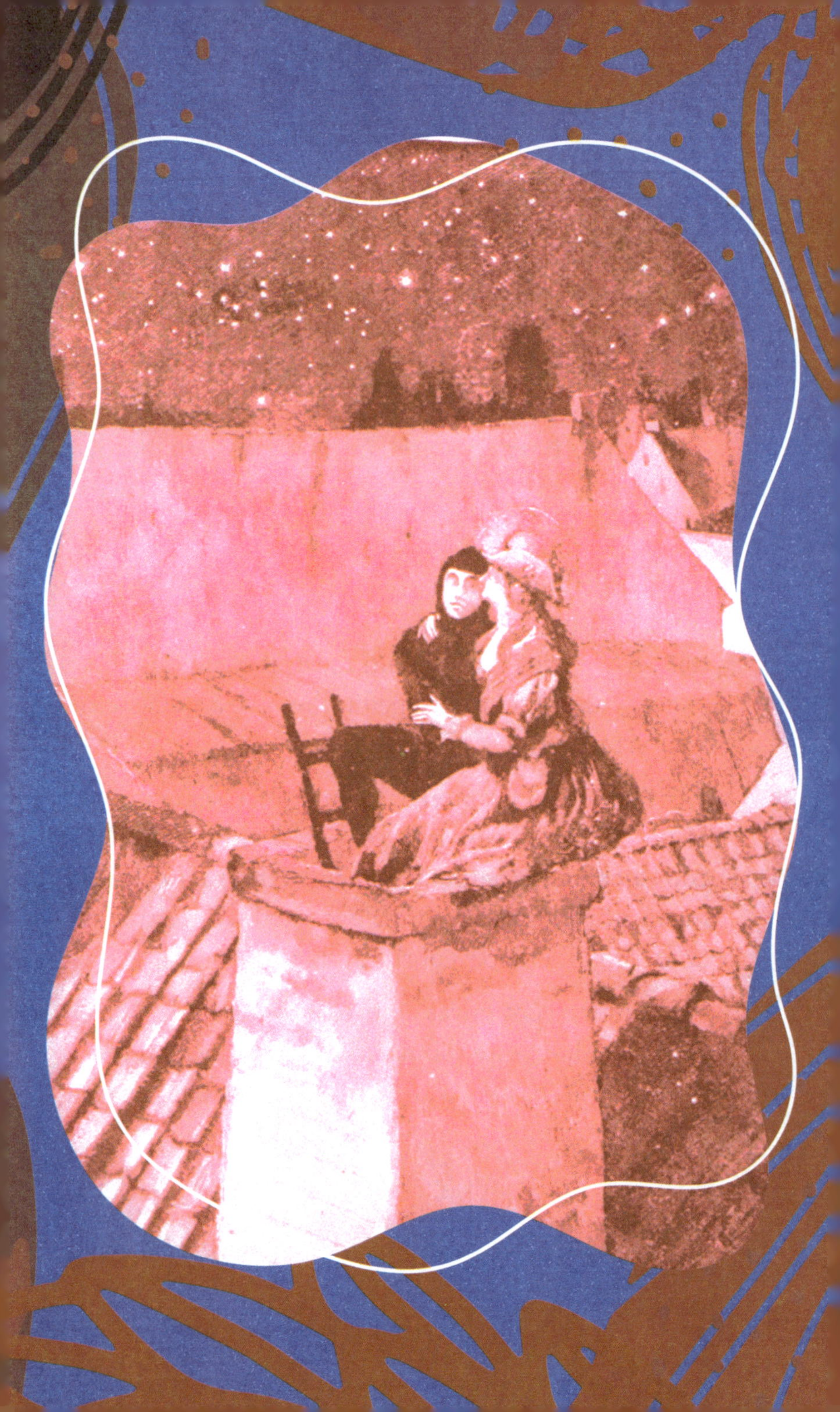

A CAMPONESA E O LIMPADOR DE CHAMINÉS

Conhecem vocês esses velhos armários, enegrecidos pelo tempo e todo coberto de arabescos e figuras entalhadas em alto-relevo? Pois era um desses que havia na sala de jantar, e como fosse móvel de estimação, a família conservava-o cuidadosamente. Tinha rosas, tulipas, cabeças de animais e bem no centro uma figura grotesca, que não se sabia se estava rindo ou fazendo careta. Era um homem com pés de cabra, chifres e barba longa. As crianças da casa diziam que era o Tenente-Coronel-Cabrito-Perna-Torta, um nome comprido que poucos coronéis possuem. Estava ele sempre a olhar fixamente para a mesa em sua frente.

Sobre essa mesa morava uma pastora de porcelana, de sapatinhos dourados, vestido enfeitado de rosas, chapéu também dourado; na mão trazia um cajado. Sem favor nenhum, a pastora de porcelana era realmente linda. A seu lado, via-se um limpador de chaminés, preto que nem carvão e também de porcelana. Mas, apesar de preto, era limpo e delicado, porque a mesma porcelana de que fora feito servia até para fazer anjos e príncipes.

Lá estava ele a suster elegantemente a sua escadinha e com as faces tão claras e rosadas que mais se assemelhavam às de uma menina. E isso era um defeito, pois, sendo limpador de chaminés, também o seu rosto devia ser preto. Como tivesse sido colocado junto à pastora, tornaram-se com o tempo bons amigos, e não demorou muito que essa amizade desse em noivado. Eram ambos moços, frágeis e feitos da mesma porcelana, formando assim um par bem combinado.

Fazia-lhes companhia um velho chinês, também de porcelana e três vezes maior do que eles. Este chinês tinha a propriedade de mover a cabeça e talvez por esse motivo dizia sempre que era avô da camponesa, embora não o pudesse provar. E garantia que, como avô, tinha o direito de governá-la. Assim, quando o Tenente-Coronel-Cabrito-Perna-Torta pediu a pastora em casamento, ele sem vacilar moveu a cabeça dando o seu consentimento.

— Você terá um marido que suponho ser de mogno, que é madeira muito preciosa — disse o chinês à sua pupila. — Virará a senhora do Tenente-Coronel-Cabrito-Perna-Torta, dona de um armário cheio de pratos, para não falar no que deve existir dentro das gavetas.

— Não quero morar naquele armário escuro — protestou a pastora. — Já ouvi dizer que há lá dentro onze mulheres de porcelana.

— Pois fica sendo a décima segunda. Hoje à noite, ao primeiro estalo da madeira do velho armário, terá início o seu casamento; e as cerimônias hão de realizar-se, tão certo quanto ser eu chinês. — E isto dizendo moveu a cabeça e ferrou no sono.

Não se conformando com a sorte que a esperava, a pequena pastora pôs-se a chorar. Em seguida, teve uma ideia – e voltando-se para o noivo, o limpador de chaminés, convidou-o para fugirem juntos, já que estava firmemente decidida a não obedecer às ordens do chinês.

— Com você serei feliz em qualquer parte — respondeu o limpador de chaminés. — Partamos já, sem perda de um minuto. Creio que poderei mantê-la com o meu trabalho.

— Só ficarei descansada quando me vir longe daqui. Oh! Como quero conhecer o mundo!...

Com o auxílio do noivo, a pastora conseguiu descer ao chão, apoiando-se nas saliências duma perna da mesa. Mas, ao olharem para o armário, viram que algo de anormal nele se passava. As figuras de animais moviam as cabeças, agitadas, e o Tenente--Coronel-Cabrito-Perna-Torta gesticulava como um possesso, a berrar para o chinês:

— Eles estão fugindo! Eles estão fugindo!

Amedrontado, o amoroso par escondeu-se na gavetinha de uma banqueta, onde foram encontrar vários baralhos incompletos e um teatrinho de boneca. A peça que se achava em cena era uma em que todas as damas, tanto as de espadas como as de copas, de paus e de ouros, se sentavam na primeira fileira e se abanavam com as suas tulipas; os valetes ocupavam a segunda fileira e tinham o busto em sentido contrário, como é nos baralhos. O enredo da peça era o caso de dois namorados que, embora se amassem doidamente, não tinham permissão para se casar. A pobre pastorinha não pôde conter as lágrimas ao compreender que também com ela se dava o mesmo.

— Não quero mais ver isto! — exclamou. — Vamo-nos embora daqui.

Mas nem bem haviam saído, viram o velho chinês já desperto, a tremer de cólera, preparando-se para descer da mesa.

— O chinês vem vindo — disse a pastora com voz trêmula, caindo de joelhos, já sem forças para manter-se de pé.

— Tenho um plano — lembrou o limpador de chaminés. — Entremos na jarra de perfumes que está naquele canto. Ficaremos sobre rosas e alfazemas e, quando o chinês chegar, jogaremos sal nos olhos dele.

— De nada adiantará. Ele e a jarra já foram noivos e, apesar de terem desfeito o noivado, é provável que ainda reste alguma amizade entre os dois. Nada mais temos a fazer senão abandonar esta casa, saindo pelo mundo afora.

— Você tem coragem de correr mundo comigo? Já refletiu que o mundo é imenso e que nunca mais voltaremos para aqui?

— Já, e estou pronta a acompanhá-lo — respondeu a pastora.

— Pois bem, meu caminho é pela chaminé — continuou o outro, tornando-se muito sério. — Se tiver a coragem suficiente para entrar no fogão de inverno e galgar a chaminé, poderemos fugir. Quando lá fora, saberei o que fazer. No telhado da casa, já ninguém nos perseguirá.

E os dois entraram juntos no fogão, que pareceu à pastora escuro e sujo. Logo depois, subiram pela chaminé.

— Veja, lá em cima está brilhando uma estrela! — disse ele.

De fato, uma estrela de verdade projetava a sua luz por dentro da chaminé, como pronta a guiar o parzinho amoroso. Vagarosamente, vencendo grandes dificuldades, foram os dois subindo. Ele ia à frente, segurando a pastora pelas mãos e mostrando-lhe os melhores lugares onde pudesse colocar os delicados pezinhos de porcelana; e assim conseguiram atingir o alto da chaminé, em cujo topo se sentaram, cansadinhos.

No céu brilhavam milhares de estrelas e embaixo a casaria da cidade perdia-se de vista. Os dois olharam em torno, até onde podiam enxergar. Mas a pobre pastorinha ficou desiludida com o mundo. Não era o que havia imaginado, e recostando a cabeça ao ombro do companheiro chorou, chorou amargamente a sua desilusão.

— Isso é muito para mim — soluçava. — É mais do que eu posso suportar. O mundo é muito grande. Ah, se pudesse estar outra vez sobre a minha mesa...

Só me sentirei de novo feliz quando voltar. Acompanhei-o aqui por amor, e agora, também como prova de amor, você deve levar-me de volta.

O limpador de chaminés tentou dissuadi-la, mostrando-lhe o destino que a esperava nas mãos do chinês e do Tenente-Coronel-Cabrito-Perna--Torta; mas a pastorinha soluçava tão doridamente e beijava-o com tanta doçura que não teve outro remédio senão fazer-lhe a vontade.

Com grande dificuldade e mil cautelas, desceram os dois pela chaminé e foram parar no fogão, ficando lá atentos, a fim de ver se percebiam o que se passava na sala. Tudo era silêncio. Resolveram espiar e a primeira coisa que viram foi o chinês no chão, quebrado em três pedaços. Caíra da mesa ao tentar persegui-los.

O Tenente-Coronel-Cabrito-Perna-Torta, porém, continuava no lugar de sempre e parecia imerso em cismas.

— Que horror! — balbuciou a pastorinha, torcendo as mãos. — Meu velho avô chinês quebrou-se todo por culpa nossa! Creio que não posso sobreviver a uma tal desgraça!

— Ele poderá ser consertado — acudiu o limpador de chaminés. — Não se aflija tanto. Com um pouco de cola, ficará bom novamente e voltará a nos repreender, como de costume.

— Acha que será fácil?

— Sem dúvida.

Em seguida, os dois voltaram à mesa que haviam abandonado.

— Tanto sacrifício sem nenhum proveito! — suspirou o limpador de chaminés.

— Só quero ver o meu avô consertado — murmurou consigo a pastora. — Em quanto ficará essa cura?

No dia seguinte, uma pessoa da casa consertou o chinês com um pouco de grude, espetando-lhe no pescoço um prego para manter a cabeça em posição. E o chinês voltou a ser o velho rabugento que sempre fora. Só que agora não podia mais mover a cabeça, como antes da queda.

— Noto que o senhor se tornou orgulhoso depois do desastre — comentou o Tenente-Coronel-Cabrito-Perna-Torta, dirigindo-se a ele. — Não vejo razões para tal mudança. Afinal de contas, concede-me ou não a mão de sua neta?

O limpador de chaminés e a pastora olharam ansiosos para o chinês, com medo que ele movesse a cabeça em gesto de assentimento. Mas o pobre chinês achava-se impossibilitado de movê-la e não lhe ficaria bem confessar a tão importante personagem como o coronel a razão da sua imobilidade. E fingiu nada ter ouvido.

Desse modo, o par de namorados de porcelana continuou a viver em paz e viveu até o dia em que o destino deu a morte usual dos objetos de louça – serem feitos em pedaços por alguma criança reinadeira.

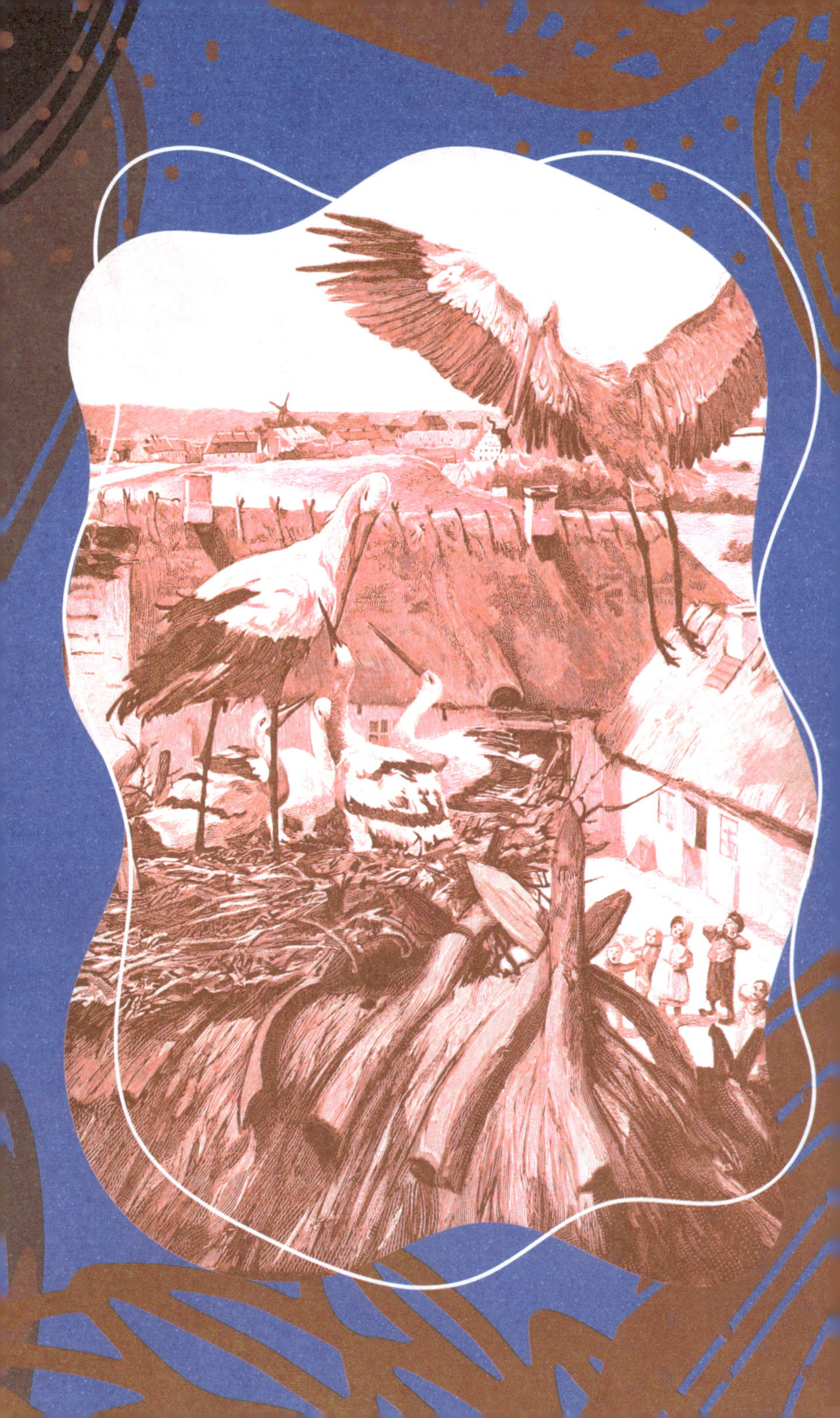

AS CEGONHAS

Um casal de cegonhas havia construído o ninho no telhado duma casa de aldeia. Lá estava a cegonha-mãe ao lado de seus quatro filhotes, cujos bicos escuros só mais tarde ficariam vermelhos como os bicos das cegonhas. Um pouco mais além, na parte mais alta do telhado, a cegonha-pai montava guarda, muito séria e tesa, de pé num pé só. Parecia feita de pau.

— É uma grande honra para minha esposa

ter sentinela ao lado — murmurava ele. — Os que não sabem que sou o marido pensarão que fui contratado para montar guarda – e isso dá muita importância à nossa família.

Nisto apareceu na rua, embaixo, um grupo de meninos vadios. Ao verem as cegonhas, puseram-se a cantar uma cantiga muito velha. Essa cantiga dizia que pouco adiantava a cegonha-pai estar montando sentinela, porque o primeiro filhote tinha de acabar preso num laço; o segundo, caído num braseiro; o terceiro, morto por uma carga de chumbo; e o último, assado ao espeto.

— Escutem! — exclamaram os filhotes, assustadíssimos. — Estão dizendo que vamos ser enforcados e assados.

— Bobagem! — exclamou a mãe cegonha. — Nada disso acontecerá.

Os meninos continuaram a cantar e apontavam para as cegonhas com o dedo. Apenas um, de nome Peter, não gostou da brincadeira e disse que não deviam estar atropelando as pobres aves que não lhes tinham feito mal nenhum. Mas os meninos insistiram, e a cegonha-mãe continuou a dizer aos filhotes que não fizessem caso.

— Não se assustem com as bobagens desses vadios. Não sabem o que dizem. Veja o vosso pai como não liga nenhuma importância e continua imóvel numa perna só.

— Estamos com medo! — piavam os filhotes, encolhendo-se no ninho.

No dia seguinte, os mesmos meninos voltaram a brincar por ali e repetiram a cantiga, assustando ainda mais as cegonhinhas recém-nascidas.

— Seremos mesmo enforcadas e assadas? — indagavam elas, arregalando os olhos, cheias de pavor.

— Nunca! — respondia, com firmeza, a mãe cegonha. — Eu ensinarei vocês a voar e, quando estiverem práticas, iremos todas para os brejos em visita às rãs que fazem "creque! creque!" antes de serem devoradas.

— E depois? — quiseram saber os filhotes.

— Depois nos reuniremos a todas as cegonhas desta terra para a viagem do outono. Por esse tempo, vocês já devem estar voando perfeitamente, e o que não voar direito será espetado pelo enorme bico do general do bando. Tratem, pois, de aplicar-se da melhor maneira, aproveitando bem as minhas lições.

— Mas que adianta isso, se temos de acabar no espeto? Lá estão os meninos com a mesma cantiga, outra vez...

— Eles não sabem o que dizem; só o que eu digo é certo. Depois de nos reunirmos num grande bando, voaremos para um país quente – para o Egito, onde as casas são de pedra e enormes as tais pirâmides. Nesse país, há um rio que todos os anos alaga as duas margens até muito longe. Não há melhor lugar no mundo para a caçada de rãs.

— Que bom! — exclamaram os filhotes, entusiasmados.

— É um lugar maravilhoso! E enquanto por lá estivermos, quentinhas ao sol, por aqui todas as árvores ficarão peladas, sem uma só folha nos galhos. O frio cá é terrível no inverno. As nuvens do céu virão gelo e caem como farinha branca. É o que os homens chamam neve. Tudo fica gelado.

— E os meninos também gelam?

— Não. Mas, para isso, têm de ficar dentro das casas, vestidos de grossas roupas de lã ou de peles. E vocês, lá longe, gozando o bom sol e vendo tudo verdinho e florido!...

E desse modo, a cegonha-mãe consolou-os.

Correu o tempo. Os filhos da cegonha já estavam crescidotes e já sabiam ficar de pé no ninho, para espiar em redor. Todos os dias, a cegonha-pai trazia-lhes no bico rãs e outros bichinhos. Depois, fazia trejeitos cômicos para diverti-los; revirava a cabeça até encostar na cauda, estalava o bico como se estivesse tocando castanholas e também contava casos engraçados.

Afinal, chegou a época de deixar o ninho, e os quatro filhotes saíram a passeio pelo telhado, muito sem jeito e cambaleantes; ao tentarem voar, quase caíram no chão.

— Muito atentos agora — disse a cegonha-mãe. — Vejam como eu faço. O pescoço deve conservar-se bem esticado, assim. E o pé nesta posição – primeiro, o esquerdo; depois, o direito. Vamos ver.

E, isto dizendo, ela alçou voo. Entusiasmados, os filhotes tentaram fazer o mesmo – mas foi uma série de tombos, um atrás do outro.

— Não quero mais aprender a voar — disse um deles, voltando ao ninho. — Prefiro continuar aqui em vez de voar para o tal país quente.

— Quer então morrer entanguido no inverno ou ser assado no espeto pelos meninos?

— Não! Não! — gritou o filhote, assustado — e veio de novo para o exercício.

No terceiro dia, já sabiam voar um pouquinho; um deles experimentou pairar no espaço sem bater as asas e o resultado foi um boléu. Felizmente, bateu as asas a tempo e evitou de chegar ao chão, onde os meninos, numa gritaria, o estavam esperando.

— Não acha bom darmos umas bicadas nesses meninos? — perguntou outro.

— Não, já disse que só façam o que eu mandar. Temos agora de voar em redor da chaminé, da direita para a esquerda e depois da esquerda para a direita. Vamos! Um, dois e três!... Bravos! Muito bem! Creio que amanhã já poderão acompanhar-me ao brejo das rãs. Quero que se comportem muito direitinho, para serem admirados, e que andem com imponência, para se tornarem respeitados.

— Mas então iremos daqui sem nos vingarmos desses meninos maus?

— O frio vingará vocês. Enquanto estiverem bem quentes lá no Egito, eles aqui vão tiritar de frio.

— Isso não basta — disse o mais valente dos quatro. — Queremos tomar a nossa vingança – e todos concordaram.

O menino mais assanhado em judiar das cegonhas era um de seis anos apenas, um pirralho, mas que parecia enorme para as cegonhinhas.

E as cegonhinhas resolveram que ele pagaria por todos. E tanto amolaram a cegonha-mãe com essa história de vingança que tempos mais tarde ela lhes deu a licença pedida – mas com uma condição.

— Primeiro, quero ver como vocês se comportam no ensaio geral antes da partida para o Egito. Se se comportarem mal, o chefe os atravessará com o bico e ficarei sabendo que os meninos têm razão. Por isso quero que esperem o ensaio. Depois, se tudo correr bem, darei licença de se vingarem dos meninos.

Com medo das bicadas do chefe, as cegonhinhas aplicaram-se aos exercícios com todo o afinco e acabaram por voar tão bem como os pais. Nisto chegou o outono, e os quatro irmãos foram mandados voar sobre florestas e cidades a fim de demonstrarem o seu grau de adiantamento. Foram aprovados com distinção e receberam como prêmio uma rã e uma cobra, petiscos que muito apreciavam.

— Ora, graças que chegou o momento da nossa vingança! — disseram eles ao chegar.

— Isso mesmo — concordou a cegonha-mãe

— e tenho cá um plano excelente. Sei onde fica a floresta na qual as cegonhas vão buscar os bebês que distribuem pela cidade. Porque somos nós que fornecemos os bebês a este povo. Ora, os pais querem sempre bebês bem bonitinhos, e nós podemos trazer dos mais lindos para as casas dos meninos que não caçoaram de nós e não nos ameaçaram.

— E para os que nos ameaçaram? Para aquele que queria nos assar no espeto?

— Para a casa desse, levaremos um dos bebês mortos que existem na floresta – e ele terá de chorar quando souber que perdeu um irmãozinho. Será um bom castigo.

— E para o menino bom, que nos defendeu, o Peter?

— Para esse, levaremos um casal de lindos bebês, um irmãozinho e uma irmãzinha. E em homenagem a ele, vocês, cegonhinhas, ficarão com esse nome – Peter.

E foi assim que apareceram na Dinamarca as cegonhas de nome Peter.

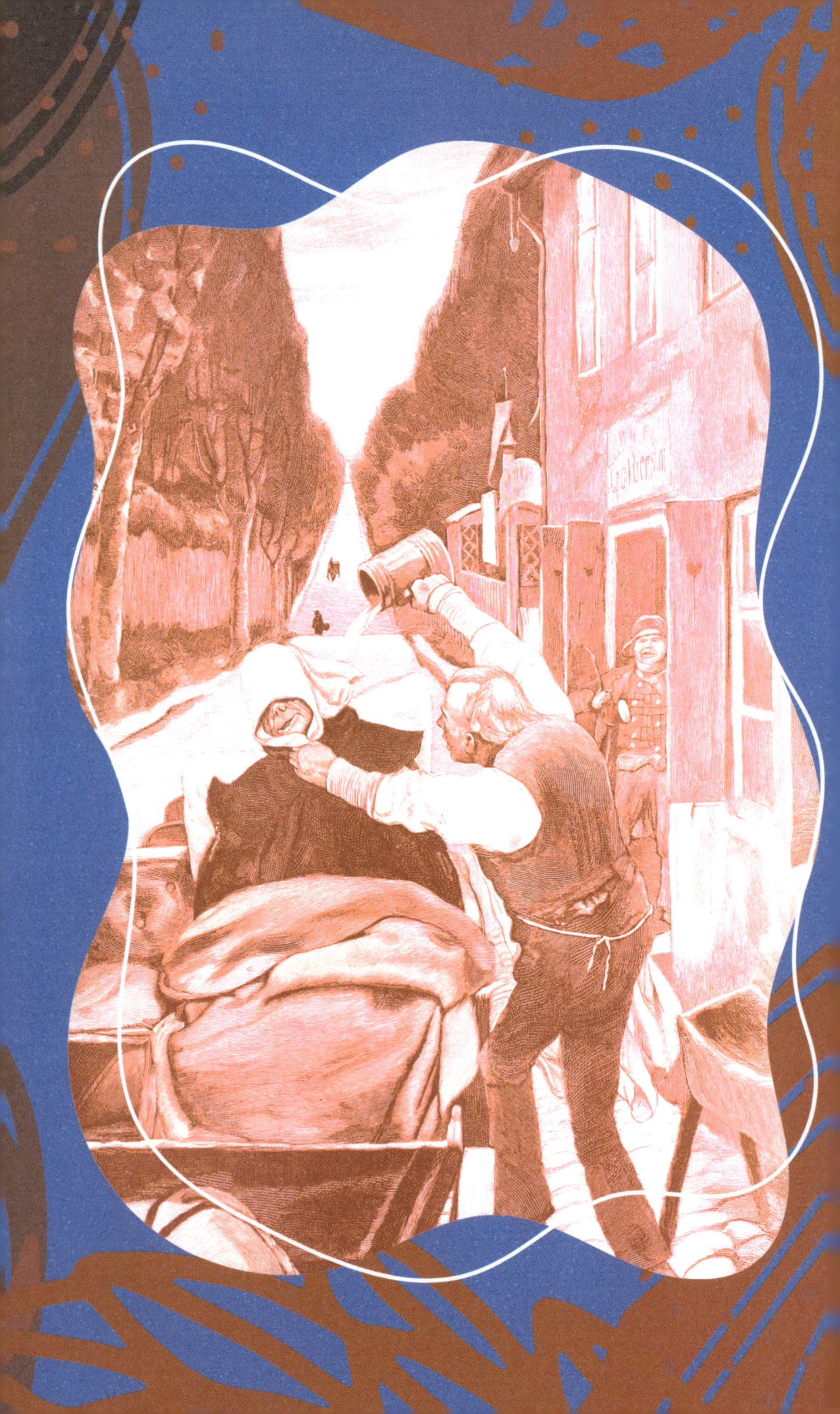

JOÃO GRANDE E JOÃO PEQUENO

Havia lá não sei onde dois rapazes de igual nome. Ambos se chamavam João. Mas um possuía quatro cavalos e o outro apenas um. Para evitar trapalhadas, o dono dos quatro cavalos passou a chamar-se João Grande, e o outro, João Pequeno. Vamos agora ver o que aconteceu aos dois Joões.

João Pequeno trabalhava a semana inteira para João Grande, ele e o seu cavalo. Como pagamento desse serviço, João Grande lhe cedia aos domingos os seus quatro animais e, como João Pequeno possuísse umas terras, aproveitava-se desse dia para correr nelas o arado. Era de ver então o orgulho com que estalava o chicote sobre os cinco animais atrelados à charrua, pois que João Pequeno tinha naquelas horas a ilusão de que todos os cavalos fossem seus.

— Vamos, meus cinco cavalos! — gritava ele.

João Grande soube e protestou.

— Você não pode dizer isto, porque seu mesmo só há um cavalo. Não se esqueça.

Mas foi inútil. João Pequeno não resistia. Bastava que viesse passar pela estrada gente que ia à igreja, de livrinho debaixo do braço, para repetir aquilo.

— Vamos, meus cinco cavalos!

João Grande ficou danado e veio com ameaças.

— Se tornar a repetir essa frase, eu mato o seu cavalo a pau e quero ver! Tome cuidado, está ouvindo?

João Pequeno, amedrontado, prometeu calar-se.

Prometer, porém, é simples; o difícil é cumprir, e João Pequeno faltou logo ao prometido. No próximo domingo, ao aproximar-se um grupo de gente endomingada, gritou de novo:

— Vamos, meus cinco cavalos!

João Grande, que estava espiando, apareceu, furioso, com um pau na mão.

— É agora, seu patife! E – pã! – derrubou-lhe o cavalo com uma formidável cacetada na cabeça.

O pobre João Pequeno pôs a boca no mundo; chorou a mais não poder. Perdera o cavalo, que era tudo quanto possuía na vida. Por fim, como não houvesse remédio, teve de conformar-se e então tirou o couro do cavalo morto e secou-o ao sol. Depois, dobrou-o, botou-o num saco, foi à vila ver se o negociava.

Para chegar à vila, tinha de atravessar uma floresta, na qual foi colhido por uma terrível tempestade. Teve de parar debaixo duma árvore, pois não enxergava dois passos à frente.

Quando a chuva cessou, viu à pequena distância uma casa de porta e janelas fechadas, mas com luz dentro. Como já ia anoitecendo, João foi lá bater para pedir pousada.

Veio abrir uma mulher de cara feia, dizendo-lhe que o marido não estava e, pois, não podia recolhê-lo.

— Dormirei aqui fora — disse João, enquanto a mulher lhe fechava a porta no nariz.

Olhando em redor, o rapaz descobriu um rancho de palha, sobre o qual uma cegonha havia construído um ninho. "Passarei a noite em cima desse rancho", pensou ele, "e espero que a cegonha não me atrapalhe o sono."

Subiu em cima do rancho e acomodou-se. De lá podia ver o que se passava dentro da casa, pela bandeira da porta. E viu sentados à mesa da sala de jantar a mulher e mais um sacristão. O sacristão trinchava um peixe, enquanto a mulher enchia de vinho o copo.

João ficou a espiar aquele gostoso rega-bofe, até que ouviu um tropel de cavalo. Era o dono da casa que vinha vindo.

Esse homem era um bom homem; só que tinha grande birra do sacristão e, por isso, o sacristão só na sua ausência vinha regalar-se com os bons quitutes que a mulher sabia preparar.

Ao ouvir o tropel do cavalo, a mulher assustou-se e pediu ao sacristão que se escondesse numa canastra vazia que estava a um canto da sala. Depois tirou a mesa, escondeu o peixe e o vinho e deixou tudo como se nada houvesse.

— Que pena! — exclamou lá do telhado João Pequeno ao ver a mesa limpa; mas falou mais alto do que devia e o homem ouviu.

— Quem está falando aí? — indagou ele.

João Pequeno desceu e contou a sua história, acabando por lhe pedir agasalho por uma noite apenas – e o homem, que era bondoso, não pôs dúvida. Fê-lo entrar e ainda o convidou para a ceia.

A mulher de novo arrumou a mesa e serviu um prato de sopa a cada um. O marido tomou a sua com grande apetite, mas João só pensava no peixe recheado que vira a mulher esconder dentro do forno.

Ao sentar-se, ele havia posto debaixo da mesa o saco de couro do cavalo e, como estivesse com os pés em cima, cada vez que fazia um movimento o couro ringia. E a cada ringido ele exclamava:

— Bico calado! — mas pisava o couro ainda com mais força para que ringisse ainda mais alto.

— Que é que há dentro desse saco? — perguntou o homem.

— Um couro mágico — respondeu o rapaz. —

Está a dizer que não nos devemos contentar com sopa, visto haver quitutes gostosos escondidos no forno.

O homem levantou-se e foi ver – e, encontrando no forno o peixe recheado, convenceu-se de que na realidade o couro era mesmo mágico. Trouxe tudo para a mesa e os dois regalaram-se.

Finda a ceia, João fez o couro ringir de novo.

— Que diz ele agora? — perguntou o homem.

— Diz que atrás do fogão há três garrafas de vinho.

Mordendo os lábios de ódio, a mulher fingiu-se de desentendida e teve de ir lá e trazer as garrafas de vinho. Depois de bebido o vinho, o homem manifestou desejos de adquirir o couro mágico.

— Esse couro será capaz de me fazer aparecer aqui o diabo? — indagou ele, já com a cabeça meio toldada pelo vinho.

— Como não? Faz tudo quanto a gente pede. Mas o diabo é tão feio que o senhor vai assustar-se.

— Não há perigo, não sou criança. Que jeito tem ele?

— Muitos jeitos, mas gosta, sobretudo, de aparecer disfarçado de sacristão.

— Oh, nesse caso deve ser horrível! — exclamou o homem. — Eu tenho tal ódio a sacristão que não posso vê-los nem pintados. Mas, sabendo que não é sacristão de verdade, e sim o diabo com forma de sacristão, creio que nada haverá. Faça que apareça o diabo – mas que não se aproxime de mim.

— Vou consultar o couro — disse o rapaz e, apertando-o com o pé, provocou outro ringido.

— Que diz ele?

— Diz que se o senhor abrir aquela canastra, ali no canto, encontrará o diabo encolhido dentro e disfarçado em sacristão.

Cautelosamente, o homem foi abrir a canastra – e recuou com um berro, vendo que de fato lá estava um sacristão todo encolhido e a tremer.

— Irra! — exclamou. — Já posso gabar-me de ter visto o diabo em pessoa! E é tal qual o nosso sacristão da aldeia.

Depois, para apagar o mau efeito do que vira na canastra, bebeu mais vinho e ali ficou até altas horas em companhia de João Pequeno. Por fim, disse:

— Quanto quer pelo couro mágico? Dou uma quarta cheia de dinheiro.

O rapaz fez-se de rogado, mas tanto o homem insistiu que afinal cedeu.

— Pois seja. Aceito em troca do couro uma quarta de dinheiro – mas quero-a bem, bem cheia.

— Está fechado o negócio – com uma condição — disse o homem. — Levar daqui a canastra com o diabo dentro. Não quero saber do diabo em minha casa.

Combinado o negócio, João Pequeno deu ao sitiante o couro do cavalo, recebendo em troca uma quarta de dinheiro bem medida. Para que pudesse levar tudo aquilo, recebeu, ainda de lambujem, um carrinho de mão. E, despedindo-se do homem, o rapaz lá se foi com a canastra de sacristão dentro e a quarta de dinheiro.

Do outro lado da floresta, havia um rio muito largo, atravessado por uma ponte. Ao chegar ao meio da ponte, João parou e disse em voz alta, a fim de ser ouvido pelo sacristão:

— Esta canastra de nada me serve e só irá dar-me trabalho. Pesa como se estivesse cheia de pedras. O melhor a fazer é atirá-la ao rio.

E com estas palavras pôs-se a erguer a canastra, como se realmente fosse arrojá-la às águas.

— Pelo amor de Deus, não faça isso! — implorou lá dentro o sacristão.

— Céus! — exclamou João Pequeno, simulando grande espanto e medo. — O diabo ainda está aqui dentro! Toca a atirá-lo ao rio sem demora para que morra afogado.

— Tenha dó de mim — suplicou o sacristão. — Darei uma quarta de dinheiro em troca da minha vida.

— Isso já soa melhor — disse João Pequeno, abrindo a canastra.

Mais morto que vivo, o sacristão saltou fora e, empurrando a canastra vazia para dentro d'água, dirigiu-se à sua casa, onde mediu uma quarta de dinheiro e deu-a a João em paga do que prometera. Com o que já havia recebido do sitiante, o rapaz ficou com o seu carrinho abarrotado de moedas.

— Fui bem pago pelo meu cavalo! — disse ele consigo ao chegar em casa e ao amontoar as moedas no chão do seu quarto. — Só quero ver a cara de João Grande quando souber da fortuna que ganhei com o couro do meu cavalo. Mas é melhor guardar segredo sobre a minha esperteza.

Em seguida, mandou pedir emprestada a João Grande uma quarta.

— Que irá fazer com uma quarta? — matutou João Grande, desconfiado. E teve a ideia de esfregar visgo no fundo da medida, na esperança de que na volta ela trouxesse algum vestígio do que fosse medido.

E foi justamente o que aconteceu. Ao ser devolvida a quarta, vieram três moedas coladas ao fundo.

— Quê?! Não é que o homenzinho conseguiu dinheiro? — exclamou João Grande, admirado, e apressou-se em ir indagar como ele obtivera tanto dinheiro que chegava a medi-lo em quarta.

— Foi o que recebi pelo couro do meu cavalo — respondeu João Pequeno ao ser interpelado.

— Vou fazer o mesmo — resolveu João Grande – e correu a matar os seus quatro cavalos. Feito isto, tirou-lhes o couro e levou-os à vila para vender.

— Couros! Couros! Quem compra couros? — gritava pelas ruas da povoação.

Vários sapateiros indagaram do preço, mas, ao ser-lhes dito que custavam uma quarta de dinheiro cada um, riram-se do vendedor.

— Será que este bobo cuida que dinheiro se mede às quartas? — disseram todos.

Certo de obter o preço desejado, João Grande continuou a percorrer as ruas da aldeia, oferecendo os seus couros. E a todos que lhe indagavam do custo, respondia invariavelmente:

— Uma quarta de dinheiro, não dou por menos.

— Ele está mangando conosco! — gritaram os sapateiros e, tomando boas guascas, deram-lhe uma formidável sova. "Couro nele, sem dó nem piedade!", berravam. "Vamos pô-lo fora da cidade a chicote!"

E o pobre homem viu-se obrigado a correr tanto quanto lhe permitiam as pernas, pois nunca apanhara tal surra em toda sua vida.

— Desta vez, João Pequeno me paga! — rosnou ele, furioso, ao chegar em casa. — Pico-o em pedacinhos.

Nesse meio-tempo, faleceu a avó de João Pequeno, e embora tivesse sido ela muito má para ele, João sentiu a sua morte. Piedoso como era, colocou o cadáver da anciã na cama, coberto com um cobertor, a fim de ver se o calor a faria viver novamente. Depois de bem ajeitar a defunta, preparou-se para passar ali a noite, velando numa cadeira.

Altas horas, entra João Grande, pé ante pé, de machado em punho. Sabendo perfeitamente onde ficava a cama de João Pequeno, aproximou-se cautelosamente e, com vigorosa machadada, abriu a cabeça da velha, certo de que estava liquidando o rival.

— Toma, para não se fazer de esperto! — exclamou ao retirar-se.

— De que escapei! — murmurou João Pequeno lá com seus botões. — Felizmente, minha avó já estava morta, pois do contrário nem sua alma escaparia!...

Em seguida, cuidou de vestir a velha com o seu melhor vestido e foi pedir emprestado ao vizinho um cavalo. Atrelou-o ao carrinho e arrumou o cadáver no assento traseiro, de modo que se mantivesse sentado, mesmo com o veículo em movimento. Feito isto, atravessou a floresta. No dia seguinte, pela manhã, parou numa hospedaria para tomar qualquer coisa. O estalajadeiro era homem rico e bondoso, mas irritadiço em extremo, desses que perdem a cabeça por qualquer coisinha.

— Bom dia — disse ele ao ver João Pequeno entrar. — Que é que procura tão cedo em minha casa?

— Estou de passagem, pois vou levar minha avó à vila — respondeu João. — Deixei-a lá fora, no carrinho. Não poderá o senhor levar-lhe uma xícara de café? Mas é preciso que lhe fale em voz alta, pois é surda como uma porta.

O estalajadeiro foi levar o café.

— Aqui está o café — disse ao ouvido da anciã.

Como era de esperar, o cadáver não murmurou palavra.

— Aqui está o café que o seu neto mandou trazer! — repetiu o homem, alçando a voz. Mas, como a velha continuasse muda, ele resolveu berrar-lhe ao ouvido. Nada adiantou. A velha permaneceu imóvel. Na quarta vez, perdendo a paciência, o estalajadeiro arrumou-lhe com a xícara na cabeça. A violência do choque fez com que o cadáver perdesse o equilíbrio e tombasse de lado.

— Meu Deus! — exclamou João Pequeno, que só esperava por aquilo. — O senhor matou minha avó! Olhe só a brecha que abriu na testa da pobre velha! Coitada da minha avó!...

O estalajadeiro lamentou profundamente o acontecido e, para evitar que o caso fosse parar na polícia, prometeu dar a João Pequeno uma quarta de moedas e ainda fazer o enterro, contanto que tudo ficasse por isso.

João Pequeno, após alguma relutância, acabou aceitando a proposta. Recebeu uma quarta de dinheiro, assistiu aos funerais da velha custeados pelo estalajadeiro e voltou para casa. Lá chegando, a primeira coisa que fez foi mandar pedir a João Grande uma quarta para medir o dinheiro.

— Que diabo! — exclamou o outro, surpreso. Teria ele ressuscitado? — Vamos ver o que é isso — e resolveu ele mesmo levar a medida a João Pequeno.

Grande foi o seu espanto ao encontrar o outro em perfeita saúde, sem um arranhão, e maior foi o assombro ao vê-lo ainda mais rico.

— Estas moedas são o resultado de um engano — disse João Pequeno. — Certo de que me assassinava, você matou minha avó e, para não ter trabalho com o enterro, eu vendi o cadáver por uma quarta de moedas.

Entusiasmado ante a perspectiva de ótimo lucro, João Grande correu à sua casa e, passando a mão no machado, abriu a cabeça da sua avó. Em seguida, rumou para a cidade vizinha, onde sabia existir um médico que adquiria cadáveres para experiências.

— Quem é o morto e como o obteve? — indagou o médico.

— É o cadáver da minha avó. Matei-a para vender o cadáver por uma quarta de dinheiro.

— Santo Deus! — exclamou o médico, horrorizado. — Este homem está maluco! Não diga tal disparate, se tem amor à vida e não quer ver-se pendurado a uma forca.

E tanto fez ver a João Grande a hediondez do seu ato e a grave pena em que incorrera que o rapaz saltou do seu trole e saiu na disparada. Como o tivesse tomado por louco, o doutor deixou-o fugir em paz.

— Desta vez, ele me paga! — rosnou João Grande logo que se viu longe da aldeia. — Mostrarei a João Pequeno quem sou eu!

Chegando em casa, arranjou um enorme saco e saiu em procura de João pequeno, ansioso por vingar-se. Encontrou-o, agarrou-o e dirigiu-se com ele às costas ao rio para atirá-lo n'água. Se ele, João Grande, perdera quatro cavalos e a avó, João Pequeno iria perder a vida – morreria afogado.

Para alcançar o rio, João Grande tinha de caminhar vários quilômetros, e o fardo que transportava não era dos mais leves. Passando por uma igreja e ouvindo o badalar dos sinos que chamava os fiéis, resolveu entrar e rezar uma oração, deixando o saco à porta do templo, certo de que o prisioneiro não escaparia.

Ao ver-se só, João Pequeno pôs-se a suspirar, lamentando-se em voz alta e fazendo esforços sobre-humanos para escapulir. Um velho pastor, que na ocasião ia passando a conduzir algumas ovelhas, ouviu as lamentações e veio averiguar do que se tratava.

— Ai de mim! — suspirou João Pequeno. Tão moço e já condenado a ir para o reino dos céus!

— Pois eu, já sou velho, só sonho com essa ventura — suspirou o ancião.

— Nesse caso, a felicidade eterna está ao seu alcance — disse o rapaz. — Basta que abra o saco e se ponha no meu lugar. Num abrir e fechar de olhos, estará no paraíso.

Sem esperar por mais, o pastor desatou o cordel que amarrava a boca do saco, e João Pequeno saltou fora. O pastor, então, pediu-lhe que tomasse conta das suas ovelhas e entrou para o saco. João atou solidamente o cordel e tratou de afastar-se depressa, levando por diante as ovelhas.

Momentos depois, João Grande sai da igreja e repõe o saco às costas. Achou-o mais leve, pois o velho pastor pesava menos que João Pequeno, e atribuiu isso à oração que acabara de rezar. Chegando ao rio, que era largo e profundo, arrojou o fardo às águas, exclamando:

— Desta vez, não escapará, e dentro em pouco estará ajustando contas com o Demo.

Feito isto, vinha voltando para casa muito satisfeito quando, numa encruzilhada, topou João Pequeno a tanger calmamente um rebanho de gordas ovelhas.

— Que diabo! Eu então não o afoguei? Responda!...

— Sim — respondeu João Pequeno. — Você atirou-me ao rio, deve fazer aí uma meia hora.

— Mas como se salvou e onde obteve esses carneiros?

— São ovelhas aquáticas. Vou contar-lhe toda a história, pois foi graças a você que consegui esses belos animais que me vão dar muito dinheiro.

— Quando me vi arrojado ao rio, senti a queda vertiginosa e quase desmaiei de medo. Mas, assim que o saco encostou no fundo, apareceu uma linda donzela, envolta num manto de gaze branca e tendo à cabeça uma coroa de louros. Chegou e pôs-me em liberdade, dizendo, num sorriso: "Oh, é João

Pequeno? Que agradável surpresa! Eis aqui alguns carneiros para você. Mais adiante encontrará muitos outros animais. É um presente que lhe faço". Olhei em torno e vi grande número de animais aquáticos andando de um lado para outro. O fundo do rio estava atapetado de flores. Pequeninos peixes passavam rente aos meus ouvidos, como fazem os pássaros aqui na terra. Que belas mulheres vivem lá embaixo! E que lindas e gordas ovelhas pastam a relva aveludada que nasce nos remansos...

— Se tudo era assim tão bonito, por que não ficou morando lá? É o que eu teria feito.

— Tenho cá as minhas razões. Mas, como ia contando, a ninfa avisou-me de que alguns quilômetros rio abaixo eu poderia juntar outras ovelhas ao meu rebanho. Conhecendo de sobejo o rio, e não ignorando as inúmeras voltas que ele dá, achei mais conveniente sair em terra e tomar por um atalho. Assim encurtaria de meio quilômetro a minha caminhada e entraria ainda mais cedo na posse dos carneiros.

— Que homem de sorte! — exclamou João Grande, tomado de inveja. — Acha que também poderei obter algumas ovelhas se chegar ao fundo do rio?

— Sem dúvida. Sinto não poder transportá-lo.

Se, porém, estiver disposto a ir comigo até a ponte e meter-se num saco, poderei jogá-lo ao rio. O prazer será todo meu.

— Fico-lhe desde já muito grato. Mas advirto-o de que, se não encontrar nada do que me falou, farei você ir para o inferno antes do tempo, entendeu?

Depois de garantir ao outro que só havia dito a verdade, João Pequeno dirigiu-se para o rio, acompanhado do rival.

Logo que os carneiros avistaram o rio, apressaram a marcha, sequiosos que estavam por matar a sede.

— Veja como correm! — disse João Pequeno. — É que já estão com saudades do fundo d'água.

— Vamos! Depressa com isso, se não quiser levar uns trancos! — rosnou João Grande, enfiando-se num enorme saco que um dos carneiros trazia ao lombo. — Amarre uma boa pedra ao saco para que afunde bem depressa.

— Não tenha medo. Embora não seja preciso, farei a sua vontade.

João Pequeno amarrou a pedra e depois amarrou fortemente a boca do saco – e empurrou-o ponte abaixo. Segundos depois, o fardo desaparecia sob as águas, com estrondo.

E acabou-se João Grande. João Pequeno ficou sozinho no mundo – e lá se foi calmamente com os seus carneiros pela estrada afora.

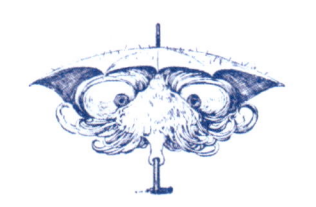

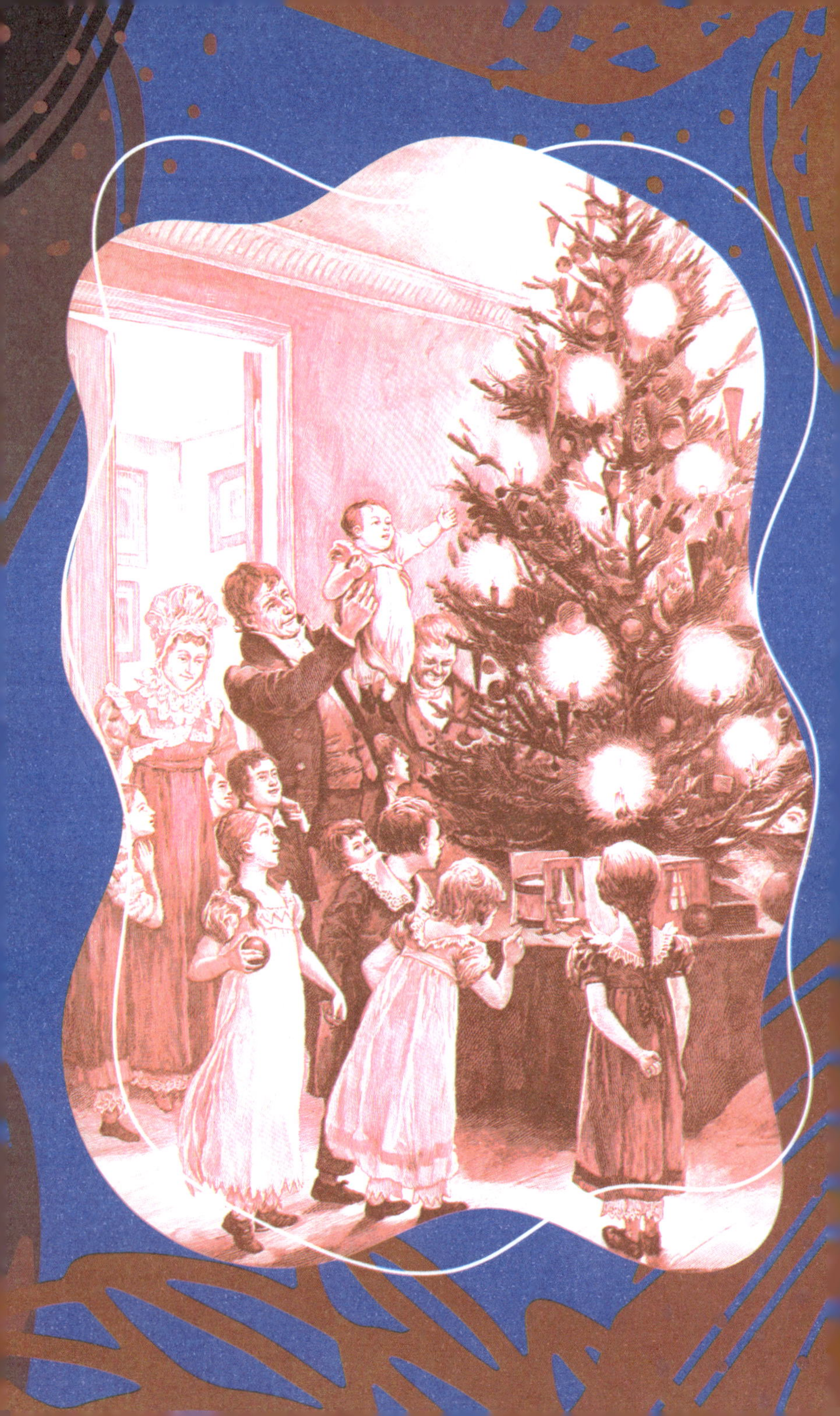

O PINHEIRINHO

No fundo de uma floresta havia nascido um pinheirinho.

A natureza o plantara num lugar arejado onde podia tomar bastante sol, e o rodeara de outros pinheiros. De todos, porém, era ele o menor. E isso o entristecia, tornando-o ansioso por crescer e igualar-se aos seus companheiros. Pouca importância dava à luz do sol, às brisas leves que sopravam e às crianças que passavam por ali em busca de framboesas e outras frutas silvestres. Era comum virem as crianças com cestinhas cheias de framboesas sentar-se junto ao pequeno pinheiro, exclamando, alegres: "Que linda arvorezinha!". Mas ele se conservava indiferente e insensível a qualquer elogio.

Passando um ano, viu-se crescido de mais um nó, e o mesmo se deu no ano seguinte, pois os pinheirinhos crescem aos nós, de ano em ano. Calcula-se a idade deles pelo número de nós que mostram no tronco.

— Por que não sou do mesmo tamanho dos meus companheiros? — suspirava o pinheirinho. — Como há de ser bom contemplar o mundo lá de cima! Pássaros viriam construir ninhos em meus galhos e, quando o vento soprasse, eu me curvaria com a mesma dignidade dos meus irmãos.

Nada o agradava. Nem as carícias do sol, nem os passarinhos, nem as nuvens que sobre ele passavam pela manhã e à tardinha. Durante o inverno, quando o alvo manto da neve atapetava o solo, acontecia muitas vezes surgir alguma lebre espavorida que na carreira saltava por cima dele. Como isso o acabrunhava! Mas, decorridos mais dois invernos, já a lebre se via obrigada a passar sob os seus galhos.

— Oh, como desejo crescer, crescer, tornar-me alto, grande como os outros! Nada almejo tanto neste mundo como ser grande!

Com a entrada do outono, apareciam na floresta homens de machado em punho, em busca das árvores mais desenvolvidas... Como isso acontece regularmente todos os anos, o pinheirinho, já agora bem crescido, tremeu ao pensar que talvez viesse a ter o mesmo destino dos outros irmãos seus, que tombavam fragorosamente a golpes de machado. Os lenhadores lhes aparavam os galhos, deixando os troncos tão nus e compridos que mal se poderia reconhecer neles os esbeltos pinheiros de horas antes. Eram, em seguida, postos sobre rodas e puxados para fora da floresta.

Para onde iriam? Que destino lhes era reservado?

Na primavera, depois que as andorinhas e as cegonhas retornavam dos países quentes, o pinheirinho lhes perguntava ansioso se sabiam o que fora feito dos pinheiros destruídos e se, porventura, haviam encontrado algum pelo caminho. Nada respondiam as andorinhas; mas as cegonhas, após alguma reflexão, moviam a cabeça afirmativamente, dizendo:

— Quando deixamos o Egito, vimos no mar

navios novos, todos ostentando soberbos mastros. Esses mastros devem ser os pinheiros levados daqui, pois tinham o cheiro resinoso. Parabéns por ter irmãos de tanta imponência.

— Ah, como desejo ser grande para atravessar o mar! Como é esse mar? Com que se parece?

— Levaríamos muito tempo para explicar — respondiam as cegonhas, alçando voo.

— Goze da mocidade — murmuravam os raios de sol que vinham brincar nas agulhas dos seus galhos. — Goze da mocidade enquanto é tempo.

E o vento perpassava beijando o pinheirinho, e o orvalho punha nele as suas lágrimas prateadas; mas a árvore continuava insensível, sem os compreender.

Ao aproximar-se o Natal, vários pinheirinhos ainda pequenos foram cortados; eram arbustos menores que aquele ambicioso que só pensava em conhecer novas terras. A esses os lenhadores levavam para fora da floresta sem lhes podar os galhos.

— Para onde irão? — perguntava a si mesmo o pinheirinho. — Menores do que eu! E por que não lhes cortaram os galhos? Que irão fazer com eles?

— Nós sabemos, nós sabemos, porque espiamos

pelas panelas das casas da cidade — chilreavam os pardais. — Sabemos para onde vão. Ah, se você pudesse ver como os homens os enfeitam dos mais lindos objetos dourados e prateados, com flocos de algodão e velinhas acesas, certo que morreria de inveja.

— Que mais? Continue — pediu o pinheirinho, ansioso por novidades.

— Foi só o que vimos, mas valeu a pena.

— Quem me dera ter o mesmo destino! — exclamava a árvore. — Deve ser melhor do que cruzar os mares num navio. Estou aflito para que o Natal chegue. Só assim, grande como já estou, também serei levado. Como deve ser bom estar numa sala toda iluminada, recoberto de coisas bonitas! E depois... Depois, sem dúvida alguma, esperam-me agradáveis surpresas, pois do contrário não seria tão ricamente adornado. Quem me dera saber o que me acontecerá depois! Estou tão cansado de esperar! Por que demora tanto o dia da minha partida?

— Goze a mocidade! — sussurravam as brisas. — Goze os dias felizes e calmos que está vivendo ao ar livre — diziam os raios de sol.

Mas o pinheirinho, à medida que crescia, mais e mais se impacientava para sair logo da floresta.

Durante todo o verão e mesmo durante o inverno, manteve intacta sua verde roupagem, e os que o viam elogiavam-no, admirados: "Que linda árvore!". Chegando o Natal, o nosso pinheiro viu, enfim, realizar-se o seu sonho. Foi o primeiro a receber os impiedosos golpes do machado. E tombou com um gemido, sentindo como um desmaio. Esqueceu as honrarias que o aguardavam e teve saudade de deixar para sempre o lugar onde nascera e crescera. Sabia perfeitamente que nunca mais voltaria a rever seus companheiros, nem a grama, nem as flores que desde o começo da vida o cercavam. E talvez nem mesmo os pássaros...

A viagem esteve longe de ser agradável. Cobrou alento, porém, ao ver-se retirado do caminhão juntamente com outros pinheiros do mesmo porte. Perto, ouviu alguém dizer:

— Este é o mais bonito. Ficaremos com ele.

Dois criados, a uma ordem do amo, levaram-no para um belo salão. Nas paredes, notou quadros grandes e pequenos e, ladeando a chaminé, viu lindos vasos de porcelana; também viu cadeiras de balanço, poltronas, sofás de seda, mesas com livros de figuras, brinquedos e caríssimos presentes espalhados pelo espaçoso cômodo. O pinheirinho, colocado num barril pintado de verde e cheio de areia, foi posto bem no meio da sala. Era de ver-se como estava trêmulo.

Que iria acontecer? Tanto os criados como várias moças da casa puseram-se a enfeitá-lo cuidadosamente, pendurando-lhe pelos galhos saquinhos de confeitos, maçãs douradas, pacotinhos de nozes, dezenas de velinhas brancas, azuis e vermelhas. Sob a folhagem verde, colocaram bonecas, que mais pareciam criaturas vivas, de tão bem-feitas. O pinheirinho jamais imaginaria que pudesse tornar-se tão lindo, sobretudo depois que bem no toco uma das moças lhe ajeitou uma linda estrela dourada.

— À noite, quando iluminado, vai ficar ainda mais belo — diziam todos.

— Quem me dera já fosse noite! — suspirava a árvore. — Por que não acendem as velinhas? E depois? Que acontecerá depois? Ah, se os meus companheiros da floresta pudessem ver-me, com certeza haviam de morder-se de inveja. E os pardais? Virão espiar-me pela janela? E que será de mim? Criarei raízes e passarei aqui o inverno e o verão?

Tudo isso perguntava-se ele a si mesmo, e tal era a sua impaciência que principiou a sentir dor de casca; para um vegetal, dor de casca é o mesmo que dor de cabeça para nós.

Por fim, as velinhas foram acesas. O pinheiro sentiu um tremor em todos os seus galhos – era medo de se queimar. E foi justamente o que aconteceu. Felizmente, uma das moças acudiu a tempo, e o acidente não passou duma queimadura sem importância. O pinheiro então resolveu manter-se imóvel, não só para que não se repetisse aquilo como também para não derrubar nenhum dos lindos objetos que o enfeitaram. Nisto abre-se a porta principal, e um bando de crianças entra na sala em tumulto. Logo atrás, vinham os mais velhos. Por alguns instantes, os pequenos estacaram deslumbrados, para logo em seguida prorromperem em exclamações e pulos de alegria. E todos, em círculo, puseram-se a dançar em torno da árvore, de cujos galhos os presentes eram retirados um por um.

— Que pretenderão fazer? — pensava a árvore. — Que irá acontecer depois disto?

À medida que se derretiam, as velas iam sendo apagadas, e quando a última se extinguiu, as crianças tiveram licença para assaltar o pinheiro. Com que fúria atiraram-se à árvore de Natal, arrancando as bolas prateadas que a enfeitavam! Pouco faltou para que não o derrubassem.

Sempre alegres, as crianças brincavam a correr pela sala. Ninguém mais parecia prestar atenção ao pinheiro. Apenas uma velha criada o procurou para remexer por entre os galhos na esperança de encontrar algum figo seco ou maçã escapos à gula da meninada.

— Uma história! Queremos uma história! — pediram as crianças, puxando para junto do pinheiro um homenzinho gorducho.

— Está bem — concordou ele, sentando-se debaixo da árvore. Aqui na sombra é melhor, e o pinheiro também poderá ouvir a história. Mas só contarei uma. Qual é a que querem? Ivede-Avede, ou o polichinelo que caiu da escada e acabou obtendo a mão da princesa?

— Ivede-Avede! — gritaram umas.

— Polichinelo! — gritaram outras.

E formou-se logo ensurdecedora algazarra. Só o pinheiro se mantinha em silêncio, embora perguntando a si mesmo se também não teria direito de dar opinião, já que fora parte importante na festa daquela noite.

Serenados os ânimos, o homenzinho narrou a história do polichinelo que caiu da escada, mas acabou obtendo a mão da princesa. Terminada a narrativa, voltaram as crianças a fazer algazarra. Queriam agora ouvir a história do Ivede-Avede. O pinheiro quedou-se pensativo. Nunca os pássaros da floresta lhe haviam narrado histórias assim.

— Polichinelo caiu da escada e acabou casando com uma princesa — repetia o pinheiro, certo de que um homem tão bem vestido não iria contar uma história que não fosse verdadeira. — Vejam só o que é o mundo! Será que também eu irei cair de uma escada e casar-me com uma princesa?

Igualmente muito o alegrava a ideia de que no dia seguinte voltaria a cobrir-se de brinquedos, velinhas, maçãs douradas e tantas outras coisas bonitas. "Amanhã saberei manter-me firme para melhor apreciar a minha grandeza", pensava ele. "Amanhã tornarei a ouvir a história do polichinelo e talvez a de Ivede-Avede."

E a noite toda passou a sonhar as alegrias que o futuro lhe reservava.

Na manhã seguinte, as primeiras pessoas a entrarem no salão foram os dois criados. Imediatamente, o pinheiro julgou que o vinham enfeitar, mas ficou muito desapontado ao ver-se conduzido para o porão da casa, onde nem a luz do dia penetrava.

— Que significará isso? — conjeturava ele. — Para que me terão posto aqui? Irão abandonar-me neste cômodo escuro?

E, recostado à parede, continuou a pensar. Longo tempo teve para as suas reflexões, pois passavam-se noites sem que surgisse viva alma. Quando alguém lá aparecia, era apenas para tirar ou pôr a um canto alguma canastra. Viu-se desse modo em completo abandono, como se a sua existência tivesse sido inteiramente olvidada.

— Deve ser inverno — dizia o pinheiro. — O solo está endurecido e recoberto de neve: com certeza é por isso que não me plantam. Vão deixar-me bem abrigado aqui até que chegue a primavera. Pensando bem, os homens têm bom coração. Eu só desejava que este lugar não fosse tão escuro e solitário. Nem uma lebre para dar um pouquinho de vida a esse silêncio. Como era bom lá na floresta, quando a neve cobria o solo e a lebre passava junto de mim, ou mesmo quando pulava por cima de mim, embora eu me aborrecesse tanto com a brincadeira. Como é horrível essa solidão!

— Cuí, cuí, cuí — guincharam dois camundongos, saindo do buraco e procurando abrigo por entre os seus galhos. — Que frio! Não fosse isso, estaríamos bem aqui, não acha, velho pinheiro?

— Não sou velho — protestou a árvore. — Há outros muito mais velhos do que eu.

— De onde vem e como se chama? — indagaram os camundongos, curiosos. — Conte-nos alguma coisa do mundo. Já esteve na despensa onde há queijos bem guardados, presuntos pendurados do teto e de onde a gente pode sair duas vezes mais gordo do que quando entra?

— Desconheço tais lugares — respondeu o pinheiro. — Mas conheço a floresta, onde brilha o sol e gorjeiam os pássaros.

E contou aos ratinhos a história da sua vida. Os camundongos, que jamais tinham ouvido falar de coisa parecida, observaram, admirados:

— Quanta coisa você já viu! E como já foi feliz!

— Sim, já fui feliz — repetiu o pinheiro, rememorando fatos passados.

Em seguida, contou da festa do Natal e de como

fora coberto de velinhas e brinquedos cada qual mais lindo que o outro.

— Não pode haver maior felicidade, velha árvore!

— Não sou velho — protestou o pinheiro. — Cheguei da floresta este ano e o meu crescimento foi interrompido.

— Quanta coisa bonita você sabe contar! — disseram ainda os ratinhos.

Na noite seguinte, voltaram eles com quatro camundonguinhos novos para ouvirem as histórias do pinheiro; e, quanto mais este as contava, mais saudades ia sentindo dos tempos passados, que não voltam mais. Apesar disso, depois que escutara a história do polichinelo que conseguira casar-se com uma princesa, não abandonava a esperança de também vir obter algum dia a mão duma princesa. E recordou-se saudoso da elegante bétula que nascera ao seu lado. Para um pinheiro, uma bétula vale por uma bela princesa. A fim de entreter os camundongos, narrou a história do polichinelo tal qual a outra. Os ratinhos pulavam de contentamento. No dia seguinte, apareceram outros camundongos e, no domingo, voltaram acompanhados de duas ratazanas. Estas, porém, declararam não haver gostado da história, o que deveras vexou os camundongos.

— Só sabe essa história? — indagaram as ratazanas.

— Só esta — respondeu a árvore. — Ouvia-a na noite mais feliz da minha vida.

— Mas nem por isso é interessante. Conhece alguma história de queijos e presuntos? Conte-nos alguma coisa sobre despensas.

— Nada sei sobre isso.

— É pena — disseram as ratazanas e retiraram-se para as suas tocas, no que foram acompanhadas pelos camundongos pouco tempo depois.

— Era tão bom quando esses ratinhos amigos encarapitavam-se nos meus galhos para ouvir histórias! — suspirou o pinheiro. — Também isso passou. E quando me tirarem daqui, irei sentir saudades dos momentos felizes que vivi com eles.

Um belo dia, entraram no porão várias pessoas. As malas foram removidas do canto e o pinheiro, depois de retirado de onde estava, viu-se jogado ao chão; em seguida, um criado o arrastou até o terraço da casa.

— Agora sim, vou recomeçar a viver! —

murmurou ele, satisfeito ao sentir o ar puro e os quentes raios do sol.

Do terraço, avistava-se o jardim recoberto de flores. As rosas recurvavam-se sobre as latadas que as sustinham, perfumando o ambiente; e, por toda parte, em todos os canteiros, uma flor principiava a desabrochar. Pardais voavam alegres, em chilreios, chamando os companheiros.

— Agora sim, irei viver! — exclamou, satisfeito, o pinheiro, distendendo os seus ramos secos, mas que ainda retinham ao alto a estrela dourada, muito brilhante à luz do sol.

Duas crianças que haviam dançado em torno dele no dia de Natal apareceram. Ao avistarem a estrela, uma delas correu para arrancá-la.

— Olhe aqui o que ainda está neste pinheiro murcho! — disse, calcando com os pés os galhos da pobre árvore.

Olhando para o jardim florido e vendo a miserável condição a que chegara, o pinheiro desejou ter ficado no canto escuro do porão. Evocou os dias felizes passados na floresta, a alegre noite de Natal e os pequeninos camundongos que tanto gostavam de ouvir a história do polichinelo.

— Tudo acabado! — lamentou ele. Quando eu era feliz, não sabia dar valor à minha felicidade. Só agora compreendo a vida – e justamente agora tudo está acabado para mim...

Pouco depois, um rapaz de machado em punho picou a árvore em pedaços, que amontoou a um canto para serem queimados. E quando as labaredas começaram a devorá-lo, o pinheiro gemeu doridamente, como só sabem gemer os pinheiros que se veem queimados vivos. Cada estalo que a madeira dava era um gemido de dor. Ao ouvirem esses estalos, as crianças deixaram os brinquedos e vieram acocorar-se ao pé do fogo. Mesmo envolto em chamas, o pinheiro ainda se recordava de um outro dia feliz de verão passado na floresta, ou de alguma noite de inverno, quando as estrelas cintilavam com mais fulgor. E também não deixou de recordar a noite do Natal e a história do polichinelo, a única que jamais ouviu e a única que aprendera a contar. Por fim, todo desfez-se em cinzas – e acabou-se a história do pinheiro ambicioso, que, como os homens, só soube dar valor à felicidade depois que a perdeu.

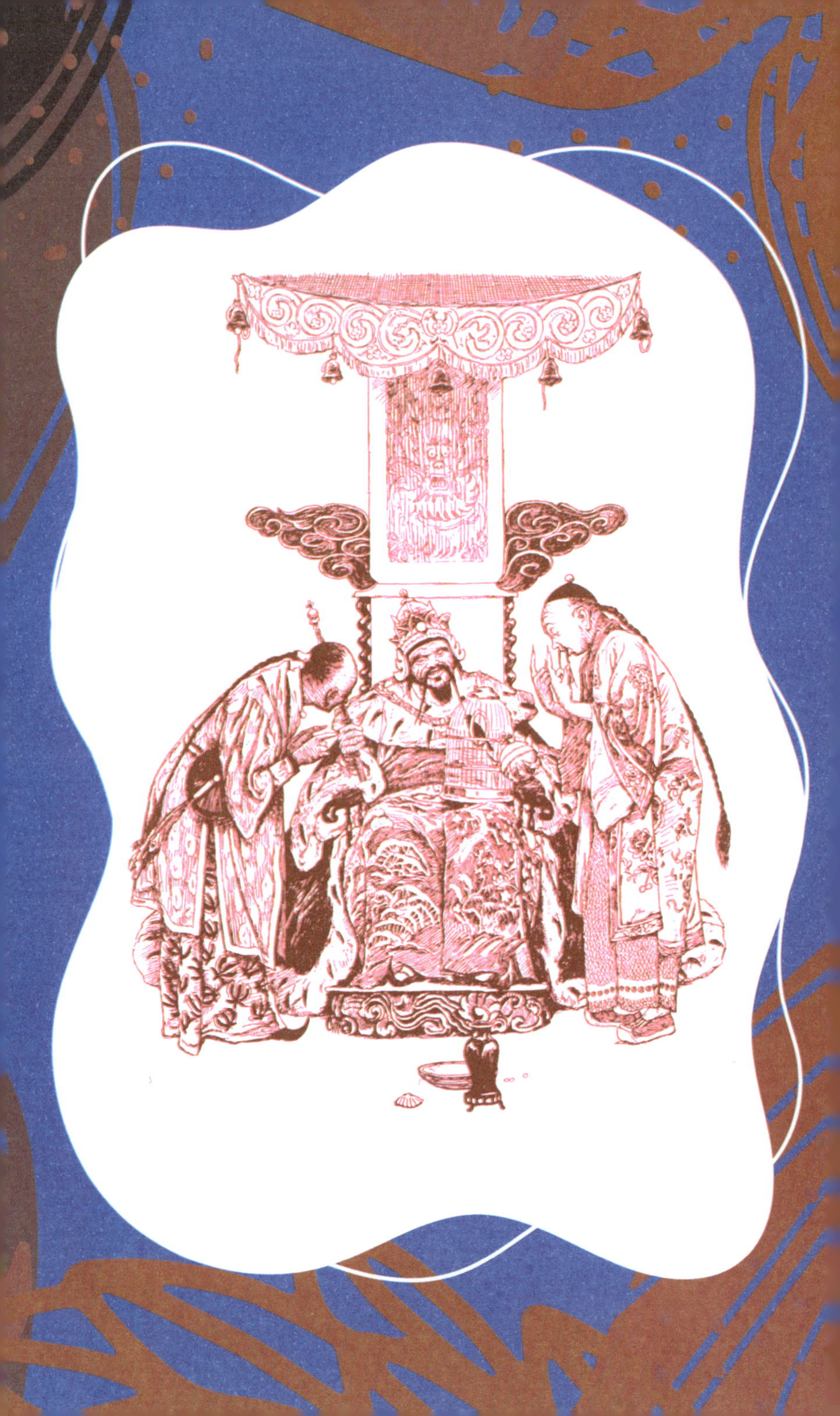

O ROUXINOL

Na China, vocês sabem, o imperador é chinês e todos que vivem em redor dele são chineses.

Há muitos e muitos anos, o palácio do imperador da China era o mais belo de todos os palácios do mundo; basta dizer que fora construído inteiro de porcelana finíssima – tão fina e frágil que ninguém tinha ânimo de nele tocar nem com a ponta do dedo. Nos jardins, viam-se as flores mais esquisitas, com minúsculas campainhas de prata amarradas nas pétalas; o vento fazia retinir esses sininhos, chamando a atenção dos passantes. Tudo mais nos jardins do imperador era desse gosto – e à tal distância se prolongavam que nem os jardineiros sabiam onde era o fim. Mas, se alguém conseguisse chegar ao fim dos jardins, veria que davam para uma floresta de enormes árvores e muitos lagos fundos. A floresta ia descendo até uma praia e mergulhava num mar, de modo que, em certo ponto, os navios navegavam por cima das ramagens. Naquela floresta, morava um rouxinol de maravilhoso canto. Que músicas sabia esse passarinho! Os pescadores que passavam por perto, de caminho aos lagos, esqueciam-se dos peixes para ouvi-lo.

Viajantes vinham de todas as partes do mundo para admirar o palácio e os jardins do imperador da China, mas, quando ouviam o canto do rouxinol, murmuravam extasiados: "Isso vale mais que tudo!". E, ao regressarem para suas terras, contavam as maravilhas vistas e escreviam livros e livros sobre o palácio e os jardins, sem nunca se esquecerem do rouxinol que valia mais que tudo. Os que eram poetas faziam lindas poesias sobre a maravilhosa avezinha cantora da floresta dos lagos.

Esses livros começaram a correr mundo, e um deles foi parar nas mãos do imperador, que ficou a lê-lo em seu trono de ouro, volta e meia balançando a cabeça para indicar que estava satisfeito com o que diziam a respeito dos seus jardins e palácios. Mas este livro também acabava com a mesma observação de todos os viajantes sobre o rouxinol, considerando-o superior a tudo.

— Que é isso? — indagou o soberano. — Não sei de nada! Será possível que exista semelhante passarinho em minhas terras, em meu próprio jardim, e eu o ignore?

E chamou o mordomo, que era um personagem de tal importância que se alguém falava com ele a única resposta recebida era "Pf!", som que não quer dizer coisa nenhuma.

— Deve haver um passarinho muito notável, chamado rouxinol — disse-lhe o imperador. — Os viajantes declaram que é a maior maravilha que viram no meu reino. Por que nunca me disseram nada a respeito?

— Jamais ouvi falar dele, majestade — respondeu o mordomo —, e creio que nunca foi apresentado à corte.

— Pois ordeno que venha cantar diante de mim esta mesma noite — disse o soberano. — O mundo inteiro sabe que esse rouxinol existe e eu o desconheço...

— Jamais ouvi falar dele — repetiu o mordomo —, mas farei que seja procurado e introduzido perante vossa majestade.

Muito fácil de dizer, mas onde encontrar o rouxinol? O mordomo consultou toda a gente do palácio e de ninguém obteve a menor informação a respeito. Foi ter com o imperador e disse que o tal rouxinol, com certeza, era peta de quem escreveu o livro.

— Vossa majestade não deve crer em tudo quanto está nos livros; muita coisa é fantasia poética da arte negra (eles chamam arte negra à arte de escrever, por causa da tinta.)

— Mas o livro em que li isso — replicou o soberano — foi-me enviado pelo muito alto e poderoso imperador do Japão – e de nenhum modo pode conter falsidade. Quero ouvir o rouxinol! Quero ouvi-lo esta noite. E se não vier, toda a corte será passada a fio de espada, logo depois da ceia.

— Tsing-pe! — murmurou, humildemente, o mordomo e voltou a correr o palácio inteirinho, onde falou com todo mundo, porque era necessário descobrir-se, fosse lá como fosse, o tal rouxinol maravilhoso; do contrário, perderiam todos a vida naquela mesma noite.

Depois de muita correria, encontraram na cozinha do palácio uma pequena ajudante de cozinheira que disse:

— Um rouxinol? Oh, conheço esse rouxinol que canta maravilhosamente! Eu costumo levar os restos de comida para minha mãe doente; ela mora perto da praia, e quando volto, e me sinto cansada, sento-me debaixo duma árvore da floresta e ouço o rouxinol cantar. E tão lindo ele canta que choro sem querer, porque é o mesmo que se minha mãe estivesse me beijando.

— Menina — disse o mordomo —, arranjarei para você um emprego nesta cozinha e ainda darei licença para que assista ao jantar do imperador, se nos mostrar o caminho que vai ter à floresta desse rouxinol.

Momentos depois, chegavam à floresta em questão. Metade da corte, pelo menos, seguia a menina. Súbito, uma vaca mugiu.

— Oh — exclamou um dos cortesãos —, lá está ele! E que força de pulmões tem, para um corpinho tão pequeno! Mas... Parece-me que já ouvi este canto nalgum lugar...

— Bolas! — exclamou a menina. — Isso é uma vaca que está berrando. Estamos ainda longe.

Mais adiante, uma rã coaxou num brejo.

— Magnífico! — exclamou outro cortesão. — É ele! Canta que parece sino de igreja!...

— Qual o quê — disse a menina. — Isso é uma rã do brejo!

Mas, afinal, chegaram ao ponto onde o rouxinol costumava aparecer e, imediatamente, ouviram seu gorjeio.

— Lá está o rouxinol! — gritou a menina. — Devagar agora, se não foge. Ali, naquela árvore. Olhem, olhem! É aquele passarinho escuro!...

— Será possível! — duvidou o mordomo. — Nunca imaginei coisa assim. Tão singelo e sem cor. Com certeza, perdeu as cores de assombro de ver tanta gente notável aqui reunida.

— Rouxinolzinho — gritou a menina —, o nosso poderoso imperador deseja que você vá cantar diante dele esta noite.

— Com o maior prazer — respondeu o passarinho

e, para dar amostra do seu canto, gorjeou a sua linda música, extasiando a todos.

— Parece som de cristal — disse o mordomo —, e olhem como palpita a gargantinha dele! É espantoso que nunca ouvíssemos falar dessa ave! Vai fazer um enorme sucesso na corte.

— Quer que cante mais um pouco para o imperador ouvir? — inquiriu o rouxinol, certo de que algum daqueles figurões era o soberano.

— Meu querido rouxinolzinho — respondeu o mordomo —, o imperador não está aqui, e eu o convido para comparecer hoje de noite no palácio imperial, onde sua majestade o espera ansioso.

— É muito melhor o meu canto ouvido na floresta do que num palácio, mas irei, já que o imperador o quer.

Os preparativos do palácio para receber o rouxinol foram magníficos. As paredes de porcelana brilhavam, batidas da luz de mil lâmpadas de ouro; as mais raras flores, todas com os seus sininhos de prata, enfeitavam os corredores, fazendo tanto barulho que ali ninguém podia conversar.

No centro do salão, onde estava o imperador em seu trono, havia um poleiro de ouro para o rouxinol.

Toda a corte se colocara lado a lado, à espera, e a menina da cozinha ficou a espiar pelo vão da porta, visto que ainda não obtivera o cargo prometido pelo mordomo. Todos tinham os olhos na avezinha, para o qual o imperador fez sinal de começar.

E o rouxinol cantou, e cantou tão maravilhosamente bem que lágrimas começaram a deslizar pelas faces do imperador. O seu encanto foi tamanho que ele resolveu pôr em redor do pescoço da avezinha um colar de diamantes – mas o rouxinol recusou, achando que já se achava sobejamente recompensado.

— Vi lágrimas nos olhos de vossa majestade — disse ele —, e isso vale para mim pela mais alta recompensa. As lágrimas do imperador possuem a virtude de ser o maior dos prêmios.

E continuou a cantar.

— Isso é a mais bela música que ainda ouvi! — disseram as damas presentes – e puseram água na boca a fim de ficarem com a fala líquida ou fluida, como era a vozinha do rouxinol. Até a criadagem do palácio ficou maravilhada – o que é de estranhar, porque justamente os criados são os mais exigentes. O sucesso do rouxinol havia sido completo.

O imperador convidou-o para ficar residindo ali,

numa gaiola de ouro, da qual podia sair duas vezes de dia e uma de noite – sempre acompanhado de dois fâmulos a segurarem uma fita de seda amarrada a um dos seus pezinhos. Aquele modo de viver, entretanto, não lhe agradava e só servia para avivar as saudades da vida livre da floresta.

Em toda a cidade, o assunto era aquele – o rouxinol. Numerosas crianças foram batizadas com o seu nome, mas nenhuma mostrou possuir a sua gargantinha de cristal.

Um dia, o imperador recebeu uma caixa de presente.

— Há de ser algum novo livro a respeito do famoso pássaro — pensou consigo. Mas não era livro nenhum, e sim um rouxinol artificial, feito de diamantes, safiras e rubis. Quando lhe davam corda, cantava uma das músicas do rouxinol de verdade, e também estremecia a caudinha, toda rutilante de pedrarias. Em redor do seu pescoço, vinha uma fitinha com esses dizeres: "O rouxinol do imperador do Japão é pobre comparado com o rouxinol do imperador da China".

— Maravilhoso! — exclamaram todos os presentes, e o portador da ave artificial foi imediatamente nomeado para um cargo novo – Imperial Trazedor do Rouxinol Imperial.

— Eles agora precisam cantar em dueto, este e o outro — lembraram os cortesãos. — Vai ser um assombro.

A ideia foi aceita com entusiasmo, e o dueto teve logo início. Mas a tentativa não deu resultado, porque o rouxinol de verdade cantava como queria e o outro só de acordo com a corda.

— Não é culpa do rouxinol novo — observou o maestro do palácio —, porque este está certo, visto como marca os compassos segundo os princípios da minha escola. E foi então ordenado que o rouxinol artificial cantasse sozinho. O seu sucesso foi muito maior que o obtido pelo rouxinol real – e, além disso, era ele muito mais agradável à vista, por causa das pedrarias – foi a opinião de todos.

Trinta e três vezes cantou a mesma música sem cansar-se, e cantaria ainda outras se o imperador não declarasse que era tempo de ser ouvido o rouxinol real. Mas… Onde estava ele? Ninguém o tinha visto escapar-se da gaiola e sumir-se pela janela.

— Como foi isso! — indagou o imperador,

magoado – e todos os cortesãos recriminaram a avezinha como profundamente ingrata.

— Mas o melhor ficou — disseram logo em seguida, e o rouxinol artificial foi posto a cantar novamente, e cantou pela trigésima quarta vez a mesma música. O maestro do palácio disse dele ainda maiores louvores, continuando a afirmar que era, na realidade, muito melhor que o outro, além de ser incomparavelmente mais lindo.

— Vossa majestade compreende o valor desta joia — explicou o maestro ao imperador. — Com o outro, não podíamos saber nunca que música viria, mas, com este, temos a certeza do que vai cantar. Podemos analisá-lo, abri-lo, ver o que tem dentro e admirar a maravilha do engenho humano.

— Realmente! — afirmaram todos os presentes. — O maestro tem toda a razão – e combinaram exibi-lo ao povo no próximo domingo, depois de obtida do imperador a necessária licença.

Fez-se com grande sucesso a exibição; o povo ouviu-o cantar com o mesmo prazer com que toma chá, porque eram todos chineses e, para o chinês, nada como o chá. Todos, menos um. Um pescador que já havia ouvido o rouxinol na floresta, só este não gostou.

— Canta bem, não há dúvida — dissera esse homem —, mas só canta uma certa música e, além disso, noto que falta qualquer coisa nessa música – o quê, não sei.

Mas, para a grande massa do povo, vencera o rouxinol artificial e, em vista disso, o verdadeiro foi banido da China por um decreto do soberano.

O novo vencedor viu-se colocado sobre um coxim de seda, ao lado do leito do imperador, no meio de um monte de joias e pedrarias. Foi-lhe dado o título de Imperial Cantor da Câmara Imperial, com direito ao lado esquerdo do soberano, que é o lado mais importante, por ser o lado do coração. O maestro do palácio escreveu uma obra em vinte e cinco volumes sobre a joia cantora, obra tão cheia daquelas letras chinesas desenhadas com tinta nanquim que ninguém leu – e, se alguém lesse, não entenderia. Mas todos a admiraram para não correrem o risco de serem tidos como estúpidos.

Um ano passou-se. Tanto o imperador como toda a sua corte e ainda o povo chinês aprenderam de cor, sem escapar um sonzinho, a célebre música do rouxinol. E todos a cantavam. Até nas ruas a meninada ia para as escolas cantando a cantiga do rouxinol imperial.

Certa manhã, em que o rouxinol estava pela milésima vez cantando a sua música para o imperador, qualquer coisa dentro dele estalou – craque! – e o silêncio se fez.

O imperador pulou da cama onde se achava e chamou pelo médico do palácio. Mas o médico, apesar de grande sábio, nada pode fazer.

Foi chamado um relojoeiro, que abriu o rouxinol e procurou consertá-lo. As molas estavam gastas e, se se pusessem outras, a música se alteraria. Foram, apesar disso, mudadas as molas e, para que não se gastassem como as primeiras, o imperador declarou que ele só cantaria uma vez por ano. O maestro do palácio fez um longo discurso para provar que a música mudara um pouco, mas era ainda melhor que a primitiva – e todos tiveram de achar que sim.

Cinco anos mais tarde, uma desgraça caiu sobre o império: O imperador adoecera de doença grave. Vendo que o soberano estava nas últimas, os ministros providenciaram para a imediata escolha do seu sucessor. O povo, aglomerado em frente ao palácio, ansiava por saber do mordomo como ia passando o velho soberano; mas o mordomo aparecia e emitia apenas aquele seu célebre "Pf!" que não significava coisa nenhuma.

O imperador jazia muito pálido e desfigurado em seu leito, e sozinho, porque todos os cortesãos só queriam saber de rodear o futuro soberano. Os criados tinham corrido a servir o novo sol e as camareiras também – e como os corredores próximos haviam sido tapetados para que nenhum rumor fosse feito, o silêncio em torno do velho imperador era mortal.

O pobre soberano mal podia respirar; sentia um grande peso no coração e, abrindo os olhos, viu que o vulto da morte estava sentado sobre o seu peito, com a sua coroa na cabeça, o seu cetro numa das mãos descarnadas e a sua espada na outra. Estranhos seres espiavam detrás dos reposteiros de veludo. Eram as más ações do soberano que vinham espiá-lo, agora que a morte se sentara em cima de seu peito.

— Lembra-se de mim? — murmurava uma, fazendo caretas.

— E de mim? — murmurava outra, e tantas foram as perguntas desse gênero que o imperador começou a suar frio.

— Oh! — exclamou ele, horrorizado. — Música! Que soem os tambores! Não quero ouvir o que essas sombras me dizem!

Mas as sombras das suas más ações continuaram a fazer-se lembradas e a morte concordava com a cabeça com tudo quanto elas diziam.

— Música! Música! — vociferava o soberano. — Meu rouxinol de ouro, canta, canta! Dei-te todas as honras e te pus ao pescoço o meu colar de diamantes. Canta, eu ordeno, canta!

Mas o rouxinol artificial conservou-se mudo – estava sem corda – e sem corda não podia cantar, ainda que com ordem do imperador. E a morte continuava a encarar firmemente o moribundo com as suas órbitas ocas, no silêncio tumular que envolvia tudo.

Súbito, uma melodia estranha soou à janela. Vinha lá de fora, da garganta dum rouxinol vivo que pousara num galho. Era o rouxinol da floresta, que ouvira o apelo do moribundo e se apressara em vir confortar sua pobre alma dolorida. E, à medida que ia cantando, os fantasmas do quarto se iam esvaindo e o sangue voltava a circular com mais vida nas veias do imperador. Até a própria morte se pôs a ouvi-lo, maravilhada, murmurando a espaços:

— Continue, rouxinolzinho! Continue...

— Só continuarei se você me der essa coroa.

A morte tirou da sua cabeça a coroa do imperador e deu-a ao rouxinol – e o rouxinol cantou mais uma canção. A morte pediu mais música – e o rouxinol, para cada nova canção, exigia uma das coisas que ela já havia tirado do imperador – o cetro, a espada, o estandarte.

E o rouxinol cantou, cantou como os rouxinóis costumam cantar nos jardins sombrios, ao cair da noite, quando o orvalho começa a misturar-se aos perfumes das flores sonolentas. Por fim, a morte esvaiu-se do quarto, como um nevoeiro que se extingue ao sol.

— Obrigado! Obrigado, meu maravilhoso amigo! Conheço-te muito bem. Foste por mim mesmo banido dos meus domínios e, no entanto, vieste afugentar do meu quarto os horrendos monstros que me torturavam. Como poderia recompensar-te do bem que me fizeste?

— Recompensado estou — respondeu o rouxinol. — Já vi lágrimas em vossos olhos, da primeira vez que cantei – e não me esquecerei disso nunca. Dorme, imperador, dorme que o sono vos restaurará as forças. Eu continuarei a cantar para embalo do vosso sono.

E cantou, cantou, cantou até ver o soberano profundamente adormecido.

O sol já batia de novo em sua janela quando o imperador saiu do sono, refeito da doença e curado. Nenhum dos seus serviçais aparecera no quarto, porque todos já o supunham falecido. Só o rouxinol lhe fazia companhia, lá do galho a cantar.

— Ficarás agora sempre comigo — disse o imperador — e cantarás sempre que eu pedir. O outro, o teu rival de diamantes e rubis, será despedaçado.

— Por que isso? — disse a avezinha. — Ele cantou enquanto pôde. Conservai-o como antes. Eu não posso construir meu ninho aqui, nem viver no palácio, mas virei sempre que puder, e pousarei neste galhinho, perto desta janela, e cantarei para vossa majestade apenas. Cantarei em prol dos que sofrem, dos que injustamente são afastados da vossa presença pelos maus cortesãos. Isso porque sou um cantorzinho que voa por toda parte e pousa no teto dos camponeses humildes e dos pescadores paupérrimos, e de toda a gente que vive longe da corte e nem sequer é por ela suspeitada. Eu amo mais o vosso coração do que vossa coroa. Virei cantar apenas para vós – mas havei de prometer-me uma coisa.

— Prometo tudo quanto pedires! — disse o imperador, erguendo o punho da espada como testemunha.

— Quero que ninguém saiba que vossa majestade possui uma avezinha que lhe conta tudo.

Disse e voou para longe.

Os criados vieram afinal espiar o cadáver do velho imperador... Mas o seu assombro não teve limites quando o cadáver se ergueu na cama e lhes disse, muito amavelmente:

— Bons olhos os vejam, amigos!

Impressão e Acabamento
Gráfica Oceano